神と黒蟹県

絲山秋子

文藝春秋

目次

棚元県
湯波川
狩衣山
窯熊川
黒蟹PA
狐・湯波IC
狐町
R67
狐
産業道路
湯波町
窯熊市
灯籠寺市
霜町
窯熊駅
霜町駅
軸先漁港
(旧軸先町)
キビタキ峠
笛島

宝来県
筆柿村
黒蟹山
黒蟹県
蝸牛川
紫苑IC
吟川
灯籠寺駅
紫苑市
薬師村
紫苑駅
県庁
丸太鼓
バイパス海岸通り
鷹狩町

神と黒蟹県

黒蟹営業所

蟹という字が書けるだろうか。

黒蟹《くろかに》営業所への異動の内示を受けた三ヶ日凡《みっかびなみ》が最初に思ったのはそんなことだった。新潟の潟だって栃木の栃だって岐阜の阜だって馴染みの薄い字面である。黒蟹にだってすぐに慣れることはわかっていた。それでも凡にとって、入社してから十年近く働いた北森県《きたもりけん》を離れて、黒蟹県紫苑《しおん》市に住むということはちょっと笑えるくらい非現実的なことに思われた。

「黒蟹とはまた、微妙ですね」

異動のことを伝えると、後輩の藤尾《ふじお》が言った。

「北森だって十分に微妙なんだけど」

凡は笑った。北森にしても黒蟹にしても「微妙」などと言われてしまう地味な県は全国にたくさんあって、その殆どを凡は知らない。

だが黒蟹県には一度だけ、家族旅行で来たことがあった。まだ幼かった凡や妹のまどかにとって黒蟹城や灯籠寺《とうろうじ》は退屈だったが、楽焼きの湯呑みの絵付けが楽しかったことは覚えている。祖父母の希望で湯波《ゆなみ》町の温泉旅館に泊まり、翌日は鷹狩《たかがり》岬に赴《おもむ》いて灯台と水族館を見た。新幹線のビュッフェは鮮明に思い出せるのに紫苑駅のことはまったく記憶にない。新幹線から降り立った三十数年ぶりの紫苑駅は真新しい駅舎に建て替えられていて、記憶がぷつりと切断された気がした。

今度は遊びに来たわけではないのだ。ここに赴任する。何年かはわからないが、ここの住民となって働く。希望して来たわけではない。だからこそいいことが起きれば単純にプラスオンになると凡は思う。元来彼女は楽観的な性格だった。

営業所は駅前の繁華街を抜けて十分ほど歩いた国道67号線沿いにあった。十和島《とわじま》所長以下、総務部、営業部、工事部を合わせた人員は八名で、北森支店から比べればコンパクトな構成である。凡と入れ違いにここを去る社員は営業部の雉倉豪《きじくらごう》という四十八歳の男性で、早期退職に応じたとのことだった。朝礼で挨拶した後、凡は駅前の不動産会社の担当者である鈴田《すずた》氏とともに借り上げ社宅の内見に行った。総務の方で見繕《みつくろ》ってくれたアパートは紫苑駅から私鉄で一駅のところで、バスも頻繁に来るらしい。自転車通勤でもいいと凡は思った。部屋は1DKで収納がやや少ないものの築年数も浅く、日当たりも風通しも申し分ない。台所の窓からは北斎が描いた波のように、右肩にぎざぎざした岩が目立つ山が見える。

「黒蟹山《くろかにやま》です」

鈴田氏が言った。

「独特の形ですね、波みたいというか」

「あの部分は『黒蟹の鋏《はさみ》』と呼ばれています。地元だけしか通じないんでしょうけど」

凡は入居が来週末になることを鈴田氏に告げ、電気の開通とガスの開栓を依頼した。この二日間はビジネスホテルに宿泊し、その後一旦北森に戻って後任者への引き継ぎを終えてからの引越となる。荷造りは間に合うのだろうか。北森には結婚していたころの荷物もある。処分する暇はないかもしれない。だが、元夫と偶然会う心配のない町に転勤することは凡にとってありがたいことだった。


事務所に戻ってくると雉倉さんが待ちかねていたように立ち上がり、営業車の鍵を振り回した。行くぞという合図らしい。

「今日、どことどこ行くんですか?」

「来ればわかる」

「運転、私が」

と凡が言うと、

「いい」

と言う。

「でも道も覚えなければいけないし、後で代わらせてください」

「おれが眠くなる」

それっきり雉倉さんは黙って通用口に向かい、裏の平地の駐車場に停まっていた看板車のプロボックスのドアを開けた。凡も慌てて助手席に乗り込んだ。

紫苑市の郊外にある営業所から灯籠寺市へ向かう国道67号線はまっすぐな道だった。その変化のなさは絶望的と言ってもよかった。空港と見まがうほど巨大な敷地を持つショッピングモールから先は、延々と荒れ地や牧草地が続く。凡は離婚前の苦しい時期、眠れない夜にノートパソコンでアメリカの地図を開き、ユタ州やアイダホ州をストリートビューで彷徨《さまよ》ったが、まさにこのような景色だった。違うのは、ところどころに日よけのパラソルを広げたお守り売りが座っていることである。有名な紫苑刺繡のお守りらしい。

雉倉さんが車の窓を開けたり閉めたりするのを凡は不審に思っていたが、そのうちに牛舎を通過するタイミングだとわかった。臭いを避けるために窓を閉めるという行動が完全に自動化されているのだった。

漸《よう》く牧草地が途切れてリサイクルショップやチェーン店のうどん屋の巨大な看板が目立つようになった。少し荒れてはいるが人の営みが見えてきたところで吟川《ぎんかわ》を渡る。

市の境には標語の看板があった。「また来らい　刺繡のまち紫苑」のすぐ先に「文化と歴史、こころ伝えるほほえみの城下町　灯籠寺」が現れる。「来らい」というのは「来て下さい」という意味だろう。敢えて珍しい方言を取り込んだ紫苑と、文字数が多いわりに何も伝わらない灯籠寺では役所の雰囲気も違うのだろうと推察される。重文8城のひとつでもある黒蟹城は紫苑市ではなく、ここ灯籠寺市にある。つまり昔はこちらの方が中心だったのだ。県庁や裁判所があり、政治経済の中心地の役割を担《にな》う紫苑市と、歴史的街並みや石畳の散歩道、燕木浜一《つばのぎはまいち》美術館などがある灯籠寺市では、折り合いのよかろうはずがない。

「やっぱり街の雰囲気が違いますね」

「そう？」

雉倉さんはつれなく言った。

前方に黒蟹城の天守閣が見えてきて凡は「わあ立派ですね」と声をあげたが、やはり無反応だった。気まずくなってラジオをつけると、まだ午前中なのに喧《やかま》しいワイド番組をやっている。地元では人気なのかもしれないが笑いのツボがわかりにくい。凡は溜息を頭のなかにしまい込んだ。番組途中の交通情報が「産業道路は狐を先頭に西行きが約１キロ、南行きが約５００メートルの渋滞です」と伝えるのを聞いて凡は言った。

「狐を先頭って面白いですね。嫁入り行列みたいで」

「狐って交差点。毎日のことだ」

いちいち狐の行列を頭に思い浮かべないのが黒蟹県の暮らしなのだろう。電車のガードをくぐるとすぐに、けわだ商会に着いた。

黒蟹営業所は、全国的に見てもセレマ３の売上が突出している。自衛隊と県営住宅で設計指定を受けているためだ。自衛隊はけわだ商会経由で、県営住宅はカニケンからの受注だという。どちらもまとまった数が出るのでありがたいのだが、セレマ3は旧型で生産台数を絞っているので、納期管理が気がかりである。

けわだ商会では仕入れ担当の三村《みむら》さんに挨拶をし、自衛隊の仕様書を見せてもらう。バルブのハンドル形状とOリングの材質が特注仕様になっていた。

「いざってときに間に合わないんで、Oリングとパッキンだけはうちでも在庫してます。だけど仕様が変わったら在庫が無駄になっちゃうんで、そこの最新情報とチェックだけは。ほんと。そこだけほんと頼みます」

豊かな体格の三村さんが暑くもないのに汗を拭きながら言った。

「ゆくゆくは自衛隊仕様もセレマ4に変わるんですよね？　冬場の安定性が全然違いますし、燃費だって」

凡が問うと雉倉さんが答えた。

「うんうん。もちろんね、そういう話は五年も前から出てるんだけど、本部のやることだし進まないのよこれが。防衛省に書類通すとなると、なかなかこれが。ねえ三村さん？」

雉倉さんは車のなかと全然態度が違う。

驚いたが、車に戻ると一瞬で雉倉さんのスイッチは切れた。

「雉倉さん、私実はセレマ3って見たことないんです」

「あ、そう」

パワーエートスやエートスジュニアなら商品発表会で見たことがある。セレマ4も現場で設置に立ち会ったことがある。乙種電源接続士や埋め込み機器設置2級の資格を持つ凡だが、一度も見たことのない商品を十年も売っていて、これからそれが自分の売上の主力となるという。おかしな話だ。

車はゆっくりと美観地区に入っていった。石畳のごつごつした感じが伝わって来る。黒い塀の蔵が目につき、観光客向けにリノベーションしたカフェや雑貨店も見えた。

「灯籠寺っていい感じですね。今度週末に遊びに来ます」

「めんどくさいぞ、灯籠寺は」

雉倉さんはあくび混じりに言った。

「雉倉さんは、休みの日って何してるんです?」

「ホームセンターと百均かな」

「なるほど……」

聞いてみるとDIYやキャンプや釣りのためにホームセンターに通うのではなく、ホームセンターそのものが目的になっているらしい。その趣味が悪いとは言わないが、雉倉さんには日本のおじさんの終わりの全てを集めてテーマパークにしたようなところがある。

お客の前での可愛げまで含めて、おじさんの完成形だ。

カニケンでも、車を降りれば雉倉さんはスイッチを入れるのだった。受付カウンターで社長夫人に挨拶する声だって明るいし、

「このお花って月下美人ですか？」

などと声をかけて笑わせる。どう見てもクレマチスだが、知らない花は全て月下美人で通しているのだろう。あざとい。

「三ヶ日凡です。ボンと書いてナミと読みます」

名刺交換のときは必ず「ボンと書いてナミです」と説明するのだけれど、十人いたら十人が「ボンちゃん」と呼ぶようになる。カニケンの社長も「ああ、ボンちゃんね、よろしくね」と言った。五十代前半だろうか、清潔感があって見た目も若々しい。社長は毎年九月に行われる灯籠祭りや、全国から人が集まるクラフトマルシェのことなどをゆったりと話した。凡は翌月から始まるキャンペーンの告知チラシを出して説明した。最重要課題として全力で取り組みたいとの答えだった。

車に戻ってから凡が、

「カニケンの社長って感じいいですね、前向きだし」

と言うと、雉倉さんは首を傾げた。

「アレは気をつけた方がいい」

「なんです？」

「約束を反故《ほご》にする」

「そうなんですか」

「セールでもキャンペーンでも、最初は盛り上がるんだ。いいこと言うしな。だけど三日もしないうちに、やっぱりやめるって言ってくる」

「きつい……」

「だからどこの会社もやる気をなくす」

引き継ぎで面談するのは、会って挨拶しておかないと問題が起きるからだ。用件が発生してから会えばいいという人も、ただの挨拶のために時間を割くのは無駄だと思う人もいる。礼儀にうるさい人なのか、それともつき合い方にコツがあるのか、見分けねばならない。

「雉倉さんって、カニケンさん持つ前はやる気あったんですか？」

雉倉さんは大きく目を見開いた。怒らせてしまったかと思う。

だが、次の瞬間、すすっていた粥でもこぼすみたいに「おほっ」と笑った。

狭い道の行き止まりの駐車場に車を止めて、雉倉さんが「昼飯にしよう」と言った。知らなければ農機具小屋にも見えるような佇まいの建物だったが、暖簾をくぐればカウンターも小上がりも殆どが埋まっていた。スーツと作業服の比率はほぼ同等で、地元の人気店らしい。雉倉さんは「ここは串カツが旨い」と言いながらカレーを注文した。凡がわかめそばを頼むと「そんなんで大丈夫なのか」と少し悲しそうな顔をした。

雉倉さんのように会話を楽しまない人間は、良きにつけ悪しきにつけ時間に正確な傾向がある。昼休みは十二時から十三時まできっちりと取る。とはいえ定食屋での食事は二十分もあれば済んでしまうので、その後は吟川沿いの公園の駐車場に移動して十三時まで文庫本を読むのだった。これがスマホだったらまだ、同じ水槽で泳いでいる別の種類の魚くらいの気持ちになれるけれど、運転席で本を開かれるとシャッターを閉められたように感じてしまう。

「面白いですか、その本」

「まだ読み終わってない」

なにもせずに停めた車の助手席に座っていることが苦痛で、凡は外に出た。ゆっくりと自販機まで歩いていってあたたかいほうじ茶のペットボトルを買う。そして山々を見上げた。

灯籠寺市から狐町《きつねまち》は約十キロ、二十分ほどの距離である。「ここは狐・歩行者注意」という看板を見て化かされそうだと思ったが、希薄なリアクションを見るのがいやで、もう口にはしなかった。

狐町には「狐・湯波インター」がある。インターから湯波温泉を経て窯熊《かまくま》市や灯南《とうなん》港に至る道が産業道路で、ラジオで聞いた「狐」という渋滞の名所はこの産業道路と国道67号の交差点だった。産業道路より東には広大な敷地を持つ私立大学と紫苑市から移転してきた県立大学があり、周辺には比較的新しい住宅団地があった。

ジャガーホームは団地の外れに位置している。駐車場が広く、直営のカフェは打ち合わせやイベントスペースを兼ねる。ジャガーホームの専務は真っ白で立派なもみあげが印象的な老紳士だった。

「雉倉さん、いよいよかい」

「ええ。新しい担当連れてきました」

凡が名刺を出そうと立ち上がりかけると専務は、

「早期退職するとは思わなかったな」

と言った。凡は腰を下ろした。

「親の介護もあって、実家に帰ろうかと」

「霜町《しもまち》だったっけ」

凡は驚いて声をあげそうになった。霜町は隣県といえども黒蟹県のすぐ隣で窯熊市のベッドタウンでもある。もちろん、将来の考え方はひとそれぞれだが雉倉さんが実家に帰るとしても、早期退職に応じる必要があったのだろうか。

それはとにかくとして、こちらが何か話し終わったタイミングで、すぐには言葉を返さず、真顔で数秒間ぬうっとしているのが気になった。ちょっと草食動物のようでもあるし、通訳が終わるのを待っているようでもある。北森県の人はせっかちで、間髪を容れず答える人が多かった。そのリズムになれている凡は、ぬうっとした間を気まずく感じるのだが、相手にとってはこの独特な間合いでなければ、せわしなく、がさつで、もしかしたら下品にすら感じられるのかもしれない。

ぬうっとした間のあとに、ジャガーホームの専務が、

「ひとつ、よろしく」と名刺を差し出した。

ここでもやはり「ボンと書いてナミです」と言うと一拍おいてではあるが、

「じゃあボンちゃんでいいね」

と返ってきた。結局どこも変わらない。誰も言うことなんて聞いちゃいないのだ。

狐町での訪問はジャガーホーム一軒だけで、高速道路の側道を使って紫苑市に戻ってきた。山沿いを走る高速道路は県内での移動には殆どメリットがないそうだ。あるとすれば信号の少ない側道を走れることだけだと雉倉さんは言う。そしてなぜか県内第二の都市である灯籠寺にはインターがなかった。おそらくは政治的な事情なのだろう。紫苑市では餅《もち》延《のべ》工業に頼まれていたドレン部材を届け、烏合《うごう》サービスにも立ち寄ったが係長が不在だっ

たのでパワーエートスのカタログとともに「新任ご挨拶」のスタンプを押した名刺を託《ことづ》けた。凡は駅前のビジネスホテルの前で車を降り、チェックインしてから会社に戻った。雉倉さんの姿はなかったが、十和島所長が「ボンちゃんご飯でも行こうよ」と誘ってくれた。

「雉倉君は帰っちゃった」

かまわない、むしろその方が気楽である。

二人は小さな和食の店を選んだ。

「どうですか、黒蟹は」

「いいとこだと思います。海も山もあるし」

我ながらつまらない答えだと思いながら地魚の刺身盛り合わせと山菜の天ぷらを注文する。

「食べものはわりといいはずだよ。食べること好きな風土だから」

十和島所長は鷹狩牛のグリルと鹿肉のシチュー、薬師《やくし》村産のワインを追加した。

「ジャガーホームの専務には会えた?」

「はい。穏やかな感じの方でした」

「専務って、ああ見えて町長の双子の弟なのよ」

「狐町の町長ですか? それじゃお顔も似てるんですかね?」

立派なもみあげが二人並んだらちょっといい眺めではないかと凡は思う。

「顔は同じなんだけど、町長の方はナチュラルに失礼なひとで口を開けばろくなこと言わないから嫌われてるよ」

「嫌われてるのに町長？」

「財界ではやり手だからねえ。それに、変人を真ん中に据えてるだけのことはあってブレーンは優秀だし役場の結束も固い。あれはあれで、上手くいってる例なんだよね」

「面白いですね。紫苑市はどうなんですか？」

「じきにわかると思うけど、灯籠寺とは昔からの遺恨で仲が悪いし」

「お城と県庁の関係ですか」

「そうそう。あと紫苑市は鷹狩町とも合併するかどうかでさんざんもめたんだよね。本当かどうかわからないけど国体のとき黒蟹電鉄を鷹狩リゾートまで延伸する計画もそれで駄目になったとか」

「えげつないですね」

「紫苑市はわりとそういうことするのよ。だけど鷹狩町はリゾート開発で成功してお金もあるし、自分達のこと東京だと思ってるからちょっと、見下してるっていうか」

「東京と鷹狩、全然違いますよね」

「違うんだけどね。紫苑とはＤＮＡが違うなんていうひともいる」

「ばかばかしい」

「ばかばかしいけど、そんなところででも商売しなきゃならんのですよ」

「所長はどちらの出身なんですか？」

「うちは灯籠寺」

「灯籠寺、今日はちらっとでしたけど、すてきな町ですよね」

「出身者は慣れてるけど、よそから嫁ぐとめんどくさいよ」

そういえば、雉倉さんも灯籠寺はめんどくさいと言っていた。古い町ならではのしきたりや有力者の派閥などもあるのだろうか。あるいは季節の行事や冠婚葬祭のやり方が複雑なのだろうか。

「雉倉さんもそんなこと言ってました」

「別れた彼女が灯籠寺の子だったからね」

「わあ、そっちですか」

「あの人、昔はすごくもてたんだよね」

それはわかる。お客の前での態度を見ればわかる。

わかるけれども会社員として、いや人間としても既におじさん期間の方がずっと長いのに、昔もてたというだけで一生涯、免罪されるというのはどういう仕組みなんだと凡は思う。もてたのなんて若いころのほんの数年に過ぎないだろうに、そのうちの誰とも結婚することはなかったのになんという僥倖《ぎようこう》だろう。まるで学歴ではないか。出世しなくても成功しなくても、旧帝大や有名私大を出たというだけで優秀な仲間と同じだと思い込み、一生自慢し続ける。まわりはこれっぽっちも興味がないのに、ことあるごとに学校の名を持ち出す。過去にもてたということは、それと同じではないか。だがそんな不可思議な自信を持つ男が、自分に対しては余分なエネルギーを1カロリーたりとも使うまいとしていることが腹立たしい。そう言うと、十和島所長はやんわりと否定した。

「そうじゃないのよ。エネルギーを使わないんじゃなくて、もうないの。劣化した充電池と一緒なの。もたないのよ。私だってそうだけど」

五十になればわかるよ、十和田所長は小さなあくびをしながら言った。

「でも雉倉君って、悪い男じゃないよ」

「それはわかってます。ただ、車のなかでずっと無言でいられると、あと一日だと思ってもやっぱり苦痛ですよ」

十和島所長は「まあ引き継ぎなんだから、気楽にやんなさい」と笑った。

翌朝、凡が出社すると十和島所長の机の前で話を聞いていた雉倉さんが、

「運転は、任せることにした」

と言って、キーを渡してくれた。

運転席で黙っているのと、助手席で黙っているのでは退屈さが全然ちがう。運転してい

るときは道路の状況に集中していられるので、助手席の雉倉さんが黙っていようと無表情であろうと気にならない。

だが地図やナビではわからない、覚えなければならないことは山ほどあるのだった。廃業して今はもう跡地すらわからない百貨店をランドマークとする「デパート通り」や「ダイエー南交差点」。ガソリンスタンドがあったとされる「モービルの角」。平成の大合併で失われた臙脂《えんじ》村や軸先《じくさき》町といった自治体。産業道路という道路名はどの地図にも書かれていないし、倒産街道に廃墟はなく、パチンコ屋もラブホテルもとっくに撤去されている。目に見えないものばかりがランドマークになっている。いい加減に思えるが、それらは現実の住所よりもずっと緻密で、正確に共有されているのだった。

窯熊市の豆川《まめかわ》物産の場所はナビに登録してあった。紫苑市から窯熊市に行くためには、まず鷹狩町まで南下する。あとはバイパス海岸通りを一直線に東に向かえばいいはずだった。だが、少し行ったところで、雉倉さんが遠い昔のことを思い出すように呟いた。

「ここで右車線にいたら、おそろしいことになるなあ」

「それはもう、なっているのでは」

車が停止しているのは、前方の右折のために道が詰まっているからだった。入り損ねた左車線は、まるで穴の空いた雨樋《あまどい》から水があふれ出すみたいに勢いよく流れている。なぜもっと早く言ってくれないのか。結局左車線に合流はできず、凡は右折してからUターンで引き返す羽目になった。小さなことだが恥ずかしい。

ようやく海岸通りに出て、凡は安心した。灯南湾の波は穏やかで、平日なのにウィンドサーフィンを楽しむ人も多い。海はいいなあ、と言いたかったが、あまりに脳天気な気がして、

「窯熊ってどうなんですか？」

と尋ねた。

「どうと言われても窯熊は。別に」

「そうですか」

「まあ、ざっくり言うと窯熊を嫌いな人ってのは誰もいない」

「へえ！」

「土地も安いし、規制もうるさくないし、寛容というか緩《ゆる》いというか」

「いいとこなんですね」

「いいとこなんて言う人はいないぞ」

「何があるんですか？」

「何がって？　何かあるなんて聞いたこともない」

「じゃあ、何もないんですか？」

「一通りのものは揃ってるんだけど」

さっぱり要領を得ないまま灯籠寺市南部の工業地帯を抜けて、湯波川を渡った。対岸には「はばたくかまくま」の看板がある。やはりユタ州のような郊外の眺めだが、市街地に入ると「はばたくかまくま」の看板に使われているものとまったく同じ、癖のある黒々とした太字のロゴが窯熊タワーの案内にも、公衆トイレにも、市民病院の看板でも、その病院の駐車場の一角に食い込んで喧嘩を売るように開業している接骨院の看板にも採用されている。風景にはこれといった特徴がないのに町全体が強面《こわもて》のロゴで統一されている。


「窯熊って統一感ありますね」

「窯熊に統一感なんてないよ」

雉倉さんは強く言った。

「伝統とか祭りとかこだわらない場所なんだ。どこの市からもライバル視されてない」

「でも新幹線の駅だってあるし」

「二時間に一本しか止まらんけどなあ」

「駅のあたりが窯熊の中心ですか」

「中心は二箇所ある」

楕円じゃあるまいし、と思う。でもどこが本当の中心かと聞かれると駅でも市役所でも窯熊タワーでもない、中心に近づいていることは確かに感じるのだが、いざそこへ行こうとすると中心点がぼやけてしまうのが特徴なのだと雉倉さんは言った。

メインストリートは通勤時間帯でもないのに混雑していた。きれいに整備された歩道を歩く人や、ベビーカーを押している人もいる。

「この町、活気あるじゃないですか」

本当は灯籠寺市ではなく窯熊市が県内第二の都市なのではないかと凡はうっすら思った。でも、それは県内では迂闊《うかつ》に口に出してはならないことのようにも思われた。

「隣県からも人が来るからね」

「霜町ですか」

「そう、霜町はなぜか商売が下手で」

霜町が雉倉さんの故郷であることは昨日聞いた。なんだか実感もこもっている。

「霜町は、どんなところなんですか？」

雉倉さんはしばらく考えてから、

「どんなところでもない。考えたこともない」

と言った。

無関心でいられるのは地元の人だからだ。無頓着といった方が正しいかもしれない。よそ者はここがどこでどんな場所なのか、他の土地とどこが違うのかを気にせずにはいられない。関心を持たなくても平気で暮らしていける力が育っていないから情報で埋めようとする。大都市だって同じことだ。東京都民は首都記念公園に行ったことがなくても、太田道灌土木祭を知らなくても、何とも思わないのだろう。しかし、どこであろうとも、住んでみれば、根本的には何も違わないとわかってくる。知らない街というのは、一度も入ったことのなかったスーパーマーケットのようなものだ。テーマカラーやPB商品、売り場の構成は違うが、入る前に思ったほどの不便さも不足も感じない。もちろん町に対しての好き嫌いというものはある。でも、好き嫌いの原因の殆どはその土地ではなく、自分自身の故郷との接し方や、恥の感情からくるものだと凡は考えている。

窯熊の豆川物産では月例の営業会議に出席し、凡は新担当としてパワーエートスの商品勉強会を行った。豆川物産の各拠点営業所から会議にやってきた者のなかには、眠そうな者、頭がぼさぼさの者、机の下でスマホをいじっている者、貧乏揺すりをしている者がいた。かれらが凡にとっての新しい仕事仲間で、ラッキーな売上や絶体絶命のピンチ、喜びや理不尽、怒りや嘆きを共にするのだ。そう思うと、凡はこれからの日々が楽しみになってきた。

施工上のポイントなどについていくつかの質問に答えて勉強会を終えると次期社長である豆川専務が、

「そもそも売れるの？　エートスって」

と混ぜっ返した。凡が答えようとすると、雉倉さんが立ち上がり、

「パワーエートスは間違いなく主力になりますね。これからの」

と言った。

「ほう」

「今までのエートスは、エートスジュニアも含めて若干オーバースペックっていうか。お客さんがそれで困ることはないんですが、性能的にもったいないなと思うところもあったんですよ。だけどパワーエートスが出て、やっと垂直式の良さが余すところなく使えるようになりました。信用できる機械です。安心して売っていただけると思います」

「珍しいね、雉倉さんがそこまで言うのは」

すると雉倉さんは少し恥ずかしそうに目を伏せて、

「嘘はつけないですから。特に豆川さんでは。最後だし」

と言った。どこまであざといんだと凡は思う。


「一応、行こうと思ってたところはこれで全部」

窯熊市内の販売店二軒にカタログと新任挨拶の名刺を届けると、ミッション終了だと雉倉さんは言った。

「事務所に戻りますか？」

「ちょっと早いんだよな、時間が」

変な時間に会社に戻ると、変な案件が降って湧く。これは経験則である。定時に近い時間に戻って、さっと引き揚げる方が得策である。

「まあ、そうですね」

「湯波温泉で足湯でも入ってくか」

男同士の引き継ぎであれば温泉に入るのだと雉倉さんは言った。それが黒蟹営業所の伝統らしい。それなら十和島所長と女同士で来たらいいと思った。

雉倉さんと混浴露天風呂に入る気はしないが、足湯くらいならいいだろう。道の駅の足湯で、凡はパンツスーツの裾をめくってショート丈のストッキングを脱いだ。細長い、古代の石棺のような足湯にそっと足をつける。少しぬるいがじわじわと染みるように快くなってくる。雉倉さんより湯口に近いところに座ってよかったと凡は思った。あのすね毛よりも下流の湯に浸かるのはいやだ。

「雉倉さん、実家帰って仕事はどうされるんですか」

雉倉さんは、スイッチオフのときとは違う、真面目な顔をして言った。

「親の世話もあるけど、店の清算をしなければならんのよ」

「実家って商売されてたんですか」

「おもちゃ屋だった」

そして「子供がたくさんいたころは、商店街は毎日が祭りみたいだった」と付け加えた。

「今の商店街は、ちょっと元気がない感じですか？」

「もう底は打った感がある」

末端というのはすなわち先端だ。新しいことはいつだって小さな村や町から始まる。どんな変化かは別として、未来は地方から見えてくる。商店街の衰退も限界集落も大都市の将来の姿ではないか。

「この先、どうなるんでしょう」

「世代交代が進んできたから、少しは落ち着くんじゃないかね」

「熱病が終わった世の中みたいに」

経済成長や拡大投資の熱病は、それが去ってからもひどい後遺症を残した。それを克服するのは、病の時代を知らない世代なのだろう。

「そのあともずっと霜町にいるんですか？」

「さあわからん」

進出よりも撤退の方がずっと大変だ。エネルギーもいる。廃業や清算はプラスには見えなくても、立派な仕事だと思う。時代をひとつ先に進めるために避けられないプロセスなのだ。会社を辞めて起業するのはかっこいいかもしれないが、撤退の判断と実行こそ尊いと凡は思う。

ぱつ、ぱつ、と音をたてて大粒の雨が降り出した。

「通り雨だ。すぐ止む」

「足湯って雨のなかでもいいもんですね」

四阿《あずまや》の屋根の下なら雨のなかでも濡れずにぬくぬくしていられる、というのがいい。

「ボンちゃん、靴！」

雉倉さんがこの二日間で一番大きな声を出した。屋根の外に脱ぎ捨てた凡の靴は激しい雨に打たれていた。そしてその横には濡れないように、ひっくり返して靴底を上に向けた雉倉さんの靴が並んでいる。

濡れた靴を履いて車に戻った。雉倉さんが、現場用の安全靴を貸してくれた。ぶかぶかだが濡れた靴を履くよりもずっとましだ。足湯の位置取りなんて気にしている場合ではなかった。

「その靴じゃ、あれだ」

そう言って雉倉さんは運転席に座った。


車は、絶望的にまっすぐな国道67号線を西に向かって走っている。雲は切れ、穏やかな夕方が訪れた。夕陽が黒蟹山に当たって「黒蟹の鋏」が薄赤く染まっていた。

「黒蟹山って変な形してますよね」

凡は言った。すると雉倉さんは、

「そういうことを言っちゃいかん」

と、はっきり言った。

「山は人間が生まれるよりずっと昔からああなんだ。人間はいっときお邪魔しているだけなんだ」

家や家族を持たぬ者にとって、転勤は最高の楽しみだ。今、凡のブリーフケースには一件のクレームも入っていないし、解決に時間のかかるトラブルも、ウマの合わない顧客も存在していない。からっぽだ。しがらみだけがリセットされ、まったく新しい環境に住まうことになるのに、営業の経験と商品知識、トラブル対処の能力は即戦力として生かすことができる。もちろん新しい赴任地ではまだ見ぬトラブルやクレームが、新たな失敗や許せないほど腹の立つ人たちが待っているのだが、蓄積がないということはこんなにも心が楽になるものなのだろうか。

一方で引き継ぎを行い、任地を離れる側もいつになくさっぱりとした気持ちになっている。会社員としてすべての重荷をおろせる瞬間は引き継ぎの瞬間にしかない。

朝から夕方まで同行しても、引き継ぎをする方とされる方は見える景色も思うことも違う。去る者は新しく来たものに不足や頼りなさを感じ、新しく来た者は去る者に対して無責任だと思う。簡単に言えばお互いに「いい気なものだ」と思っている。しかし二人が妙な清々しさと明るい空疎さを共有していることも確かなのだ。からっぽな二人がただすれ違う、これが引き継ぎである。

国道67号線［架］【道路】国道67号線は欠番である
来らい（キライ）［架］【方言】黒蟹方言「来て下さい」の意味
燕木浜一［架］【人物】黒蟹県出身の世界的な画家
重文8城［架］【建造物】天守が現存するのは国宝5城と重文7城の12城である
乙種電源接続士、埋め込み機器設置2級［架］【資格】いずれも架空の資格
首都記念公園［架］【公共施設】東京都内の架空の公園
太田道灌土木祭［架］【行事】東京都内の架空のイベント
パワーエートス、エートスジュニア、セレマ3、セレマ4［架］【工業製品】凡
が働く会社で製造販売されている機械製品の名称

［架］は架空のもの、［実］は実在するもの

忸《じく》怩《じ》たる神

キリ蕎麦はキリスト教会の二軒先に、テラ蕎麦は寺の門前町にある。店名は長寿庵と増田屋だが、灯籠寺市民はいったいにキリ蕎麦、テラ蕎麦と呼ぶ。田舎蕎麦と天ぷらについてはキリ蕎麦の評価が高く、盛りが良くて小鉢や定食メニューが充実しているのがテラ蕎麦である。

神はしばしば、中年男性の姿で二軒の蕎麦屋に現れた。

全知全能の神と言うけれど、すべての神がそうだというわけではない。この神は半知半能といったところだった。とはいえ神にしかできないこともある。たとえば同時刻に二軒の店にいて、カレー南蛮とおかめそばを食べている。身なりや顔立ちにこれといった特徴がなく、見かけた人間の記憶に残らないところも神の神たる所以《ゆえん》であった。もちろんそれは神がどこかで見かけた人間に似せているからであって、本来神の姿は柱状節理を成す玄武岩と同じ六角柱であった。キリ蕎麦の女将と息子、テラ蕎麦のアルバイトだけはかろうじて常連と認識したが、神が来ない日が続いても、顔を思い出すことはできなかった。

蕎麦屋の常連であるものの、神には人間のような繊細な味覚はない。香辛料や嗜好品、酒の種類には詳しかったが、豆腐や蒲鉾《かまぼこ》ましてや蕎麦の味などの区別はつかなかった。借り物の肉体なので致し方ないのだ。

昼下がりのキリ蕎麦で他人丼を食べ終わった神は週刊誌を眺めていた。実は読み書きも得意ではなかったが、この日はどうしても女将に聞いてみたいことがあった。「シリーズ超絶秘境」のグラビアページに指をはさんでやおら立ち上がった神は、会計を済ませてから峡谷の写真を指してこの場所を知っているかと女将に尋ねた。キャプションは黒蟹県筆《ふで》柿《がき》村となっている。

「あら懐かしい」女将は少し笑った。

「うちの実家が筆柿村なんですよ」

なんという偶然だろう。

しかしその程度のことはお見通しである。

「なんと読むんですかね、この峡谷の……」

「せいじきょうっていうんです。五つの流れが合流して上から見たら星みたいだから、星字峡。上から見た人なんていやしないんですけどね」

「せいじきょう、ね」

「立山の十字峡にひっかけてるみたいよ」

「行ってみたいな。バスは出てないんですか」

「バスじゃちょっと無理ね。車だったら近くまで行けないこともないけど」

女将は、なにしろ秘境百選に入っていないほどの秘境ですからと得意気に頷いてみせた。

「車がないんです。免許も持っていない」

女将は神の顔をじっと見た。それから、

「うちの蓮翔《れんと》に案内させましょうか？　ちょうどお婆ちゃんから山菜がいっぱい採れたから取りに来いって言われて、明日筆柿まで行くんだけど」

と言って、奥で皿を洗っていた息子を呼んだ。

なんと都合のいいことか。

しかしこの程度の引き寄せは朝飯前である。

キリ蕎麦の息子、蓮翔のことなら改造自転車を乗り回し始めた中学生の頃から知っている。最初は段ボール製の風防と三段シートだったが、徐々に腕を上げた蓮翔はハンドルを換え、フレームを塗装し、ホイールに電飾をつけ、ついにはスピーカーまで搭載するようになった。一見して自転車とはわからぬ奇怪な乗り物に乗って、蓮翔は仲間と町を流したり、隣町の不良と小競り合いをしたり、実らぬ恋に嘆きの雄叫《おたけ》びを上げるために海まで走ったりした。神は一切を興味深く眺めていた。

「そういえばお客さんのお名前、聞いてなかったですね」

女将が言った。

「太郎といいます」

すると蓮翔が笑いながら、

「いやいや、名前じゃなくて苗字の方だって」

と言った。

「失礼。神宮《じんぐう》です」

危ないところだった。太郎という苗字は存在しないらしい。いつか使うこともあるかと思って準備していた仮の名前だが、苗字と名前の区別は神にとってはややこしい。

翌朝、神がキリ蕎麦に向かうと、白いジャージのセットアップを着た蓮翔が店の前に立っていた。ポケットに手を突っ込んで体をねじるように地面を見ている様子はヤンキーの典型的な立ち姿だが頭が重たすぎる鳥の模型のようでもある。道路を渡ってくる神に気づいた蓮翔は傍《かたわ》らに停めてあった黒のミニバンの方へアゴをしゃくった。

「いい車だな」

クロムメッキの大型グリルと切れ長のヘッドライトが目立つ車のフロントを見て神が言うと、蓮翔は照れたように金髪に手をやった。

ドアを開けるとバニラのような甘い匂いがした。光沢のある深紅のダッシュボードマットとお揃いのハンドルカバーは神の目を楽しませたが、十代のころの「改チャリ」のような過剰さはない。まずまず本人の言うとおり「落ち着いた」と言ってさしつかえないだろう。

空ぶかし気味にエンジンをかけた蓮翔は早口でこう言った。

「悪いけどタメロで話すよ。店ではお客さんだけど今日はオフだし。それに俺がおっさんを乗せて行くわけだから」

たいへん筋の通った話である。「おっさん」と呼ばれ、準備した名前は無駄になったが異存はなかった。

車を出した蓮翔は「先に行くところがある」と言って、山の方角ではなく紫苑市へと向かった。県庁の通りにある和菓子のひろおか堂で落雁《らくがん》を買うのだと言う。

「婆ちゃんから頼まれてるんだ」

「落雁はお婆さんの好物か」

「親には内緒な。絶対な」

「なぜ」

「きんつば派と落雁派があってよ。ウチはガチのきんつば派だからバレると厄介なんだ」

「詳しく教えてくれないか」

紫苑市の落雁ファンと灯籠寺市のきんつばファンは何百年にも亘《わた》って対立し、今なお互いを敵視しているのだと蓮翔は説明した。事の起こりには諸説あるそうだ。

「そんな愚かな争いがあるのか」

「おかんは婆ちゃんの落雁好きを知ってるけど、ひろおか堂の落雁買ったなんておやじにばれたら俺、ぶっとばされるわ」

落雁のほかにも蓮翔はたくさんの土産物を車に積んでいた。金目鯛の棒寿司や特上の鰹節、白桃のゼリーなど高級品ばかりである。つまりは物々交換で、それほど貴重な、市場にはまず出てこないような山菜をいただきにいくということらしい。

紫苑市を後にして峠に向かう。標高を稼ぐと窓から入って来る空気が湿り気を帯びてひんやりしてきた。蓮翔の運転は慣れたものであった。連続するカーブをスムーズに曲がっていくというよりも、カーブの方から迎えに来て車を躱《かわ》していくようだと神は思う。

「運転が上手だな」

神は言った。

「車の運転て、学歴も金も顔も関係ないからいいよな」

「金があったら高級車が買えるだろう」

「高い車に乗ったからって運転が上手くなるわけじゃないんだぜ。うちのおかんなんてあんなおばはんなのに山道走らせたらガチだからな。俺よか飛ばせる。そんなことって、ほかになくね?」

そりゃあそうだろうと神は思う。

蓮翔の母、つまりキリ蕎麦の女将も若いころはヤンチャであって、改造した古いスポーツカーで山を走っているうちにキリ蕎麦の息子である今の夫と知り合った。つまり蓮翔は理由や問題があってぐれたわけではなく、親のライフスタイルを受け継いだだけなのである。ヤンキーも世襲なのだ。

峠を越えたところで道が二股に分かれた。どちらも筆柿村へ至る道だが右側がトンネルのある新道で、左側は旧道だと言う。蓮翔は旧道を選んだ。

「普段は新道しか通らねえんだけど、星字峡はこっちだからよ」

旧道はこれまで走ってきた道よりも幅が狭かった。落石もあり、路面もところどころ荒れている。民家が数軒、寄り添うように建つ集落を過ぎるとセンターラインが消え、冬季には閉鎖されるゲートが現れた。

「ここはまだマシなんだけどさ。ゲート越えたらムッカやべえ道になる」

「ムッカ?」

「『ムッカ』はめちゃくちゃより、もっとめちゃくちゃってこと? 方言かもしれねえ」

マジやガチ、ぱねえなど強調表現の多い蓮翔だが、その最上級ということらしい。

「どうヤバいのだ」

「一本道なのに前後を走ってた車とかバイクが急に消えるのさ。カーブ曲がったらいきなりいなくなんのさ。分岐も何もないとこで。ヤバくね?」

「それは気になるな」

「それと、走るたびに距離が変わるっていうか。ゲート間が二十分のときも四十分かかるときもあってさ。二十分ってありえねえよ、ワープかよ」

「にわかに信じがたいな」

交通量によるのではないかと神が聞くと、普段から車は少ないのだと言う。そしてかれだけではなく、ほかにも何人もの人が同じことを経験したのだそうだ。

「あとさ。もうすぐファミレスが見えんだけど」

「こんなところに？」

「ああ」

ほどなく黄色い外壁にオレンジの窓枠をあしらったスクエアな建物が現れた。誰が見てもファミレスとわかる。しかし駐車場は見当たらない。蓮翔は車を道に停め「見てみ」と言った。突拍子もなく現れた店の内側は明るく、大きな窓のガラス越しに談笑している客の姿も見えた。

「見えるけど、入り口がねえんだ。どこにも」

「まさか」

どこか陰になっているところに通路があるのではないかと思ってよく見たが、道に面しているのは大きな窓のある建物だけで入り口がない。両側には鬱蒼《うっそう》とした森が迫り、建物の後ろは切り立った崖である。駐車場どころか獣道すら見当たらない。

「いったい客はどこから入ったんだ」

神は思わずむっとした口調になった。

「わかんねえ。みんな異世界ファミレスって呼んでる」

「なんだって？」

「この世界からは入れない。客とか店員も別の世界の人じゃねえかって」

「そんなバカな」

神は強い不満を感じた。理解できないものが厳然と建っている。そのことが許せなかった。なるほどこれが「ムッカやばい」ということか。

ファミレスを過ぎてしばらく走ると林道の分岐があった。ミニバンで入っていけるのかと怯《ひる》むような隘路《あいろ》だが、蓮翔はルームミラーにぶら下がっている房つきの黒い数珠を揺らしながらダートを走り抜け、僅かに道が広くなったところに車を停めた。「星宇峡」と書かれた手書きの看板が出ていた。看板といってもひどく小さな板きれで、おそらくは蒲鉾板の流用である。

「この下か」

「草んなか入んなよ。ヒルがいるから」

長靴に履き替えた蓮翔は、軽い足取りで細い道を下りていく。神はおぼつかない歩調で後を追った。かすかに聞こえていたせせらぎの音は、歩くうちにさまざまな音域の周波数を含む沢の音と、空気を巻き込んでリズムを打ちながら落下する滝の音にはっきりと聞き分けられるようになった。そして蓮翔の光沢のある白いジャージの背中が曲がり角に消えた次の瞬間、目の前の藪が開けて渓谷が目に飛び込んできた。

本流である緑青《ろくしょう》川は滝となって落下している。広々と水をたたえた滝壺には手前と奥から二本の小さな滝が注ぎ込み、滝壺の反対側の少し平坦になった土地からは水量の多い支流の川と、小さな沢の合流がある。滝の上での合流と合わせて五本の流れがこの場所で集まっている。星のように見えるというのは大袈裟かもしれないがたしかにここが星字峡であった。

「これ、何色って言うんだろ?」

孔雀青《ピーコツクブルー》とでも言うのだろうか。緑がかった柔らかな青色の水と、渓谷を形作る砂のように明るいベージュの岩のコントラストが美しかった。木々の陰では水がことさらに青く冴え、三つの滝は真っ白な飛沫をあげて轟いていた。迸《ほとばし》る水は滝壺で速度を落としてゆったりと回り、やがて力強さを増した流れとなって下流へと向かう。

「水が、喜んでるみたいだ」

蓮翔が言った。

「たしかにそうだ」

水だけではない、新緑の森も、水を飲みに立ち寄る動物たちも、昆虫や目に見えない小さな生物も、生きるものすべてが喜ぶ場所だ。愛されている場所だ。

「ここは一万年くらい、こんなだな」

黒蟹山の火山活動で地形も水の流れも大きく変わったのがちょうどそのころである。

「そんな昔から？」

「一万年前からこの眺めだし、このあと数万年は変わらない」

自分には一瞬のことだが、百年程度しか生きられない人間にとっては、その時間が途方もなく長く感じられることだろうと神は思った。

「あれ、なんだと思う？」

蓮翔が指さした先は滝壺の中心に近い場所だった。水面に橙《だいだい》色の輪のようなものが浮かんで揺れている。日の光に照らされて輝いているようにも見えた。

「落とし物かな」

神は興味を覚え、水際に近づいた。

「おっさん！　やめろ！」

蓮翔が叫んだが、神は難なく滝壺の中央まで行って浮いていた輪をつまみ上げ、岸辺に戻った。

「ああもう。っぶねえなあ」

蓮翔が嘆くような声を出した。

「ここ、水が巻いてるから絶対入っちゃいけないって言われてんだぜ。のみ込まれたら何ヶ月も浮かんでこないって」

「そうだったのか。次から気をつける」

神と蓮翔は橙色の輪をしげしげと眺めた。よく見ると輪は透き通ったチューブになっていて、小さな金色の粒が一つ、そのなかを回っている。

「砂金かな」

「砂金のようだ」

神はチューブの材質を照合するために指先で丁寧にスキャンしてみたがゴムでもプラスチックでもなかった。

わからない。

わからないものが自分の手のなかにあることが、神には不満だった。

「これ、何に使うものだろう？」

「アクセなんじゃねえの？　ブレスレットとか」

そう言って蓮翔は輪を腕にはめてみようとしたが、小さすぎて入らなかった。

「だけどおっさん、案外濡れてねえな。すげえ」

「靴は少し濡れたが足は大丈夫だ」

まあ、神だからな。水の上くらいは渡れる。

筆柿村には中学校時代の友達がいるので祖父母の家の後に寄るつもりだと蓮翔が言った。廃校になった小学校の校舎に一人で住んでいて、染色の仕事をしているのだそうだ。

「ひつじくんって言うんだ。もちろんあだ名だけど」

「ひつじくんもヤンキーか」

神が聞くと、

「ひつじくんはちげぇよ。いい奴なんだ」

と大きな声で否定した。

「ほう」

「山の暮らし、なめてねぇし」

蓮翔は瞬時に敵味方を判別する。基準は「なめているかどうか」だった。かれが嫌うのは、つき合いもないのにヤンキーのことを遠目からうっすらとバカにしてくる「輩《やから》」だった。幼いころから口が達者で大人っぽくふるまうことを美徳とする連中は、成績の悪い者を一段低く見ていた。大人になって都会に出て行く者もいたが、地元に残る「輩」たちも田舎の暮らしや人づきあい、手や体を動かして働くことを軽んじた。蓮翔は「輩」の意見なら何でも否定したいと思っているようだった。どちらも幼くてお互い様のように神には思えるが、掘り下げていけば長く続く深い悲しみに根付いている。問題としては落雁ときんつばの争いよりずっと深刻だが、解決しようとする者はいない。

「ひつじくんは、なぜ学校に住んでるんだ」

「作業場っていうか、工房？　染め物やってるから広い場所が必要なんだ。ほかにも結構いるよ。陶芸家とか紙漉《す》きとか」

県が廃校活用で補助金を出したそうである。

話すうちに景色が開けてきた。見事な棚田をぐるりと巻くような道を下って、住宅や商店のある村の中心部に入る。

「さっきの輪っか、届けてくる」

交番に立ち寄った蓮翔を車の中で待ちながら、わからないものは他人に託して忘れてしまうのが得策かもしれないと神は思った。


村役場のすぐ裏手にあるのがキリ蕎麦の女将の実家、蓮翔の祖父母の家だった。江戸時代には庄屋だったのだろうか、立派な茅葺きの母屋のほかに蔵と農機具小屋があり、乗用車と軽トラックが並んで停まっている。蓮翔がクラクションを鳴らすと、作業着の祖父とエプロンをつけた祖母が戸口に現れた。

立派な床の間のある広い座敷でふるまわれた昼食は山のごちそうだった。筍ごはんとイワナの塩焼き、白ヒルギタケの味噌汁、そして蓮翔の解説と祖父母による補足がなければ何を食べているのかもわからないような山菜が饗された。おひたしはほのかに柑橘の香りがするかぼす菜。天ぷらは七里歩いて探さなければ見つからないとも言われる七里草、香の物はぽりぽりとした食感と爽やかな香りが特徴的なキリネのたまり漬けであった。これらの山菜はキリ蕎麦でも予約なしでは食べられない特別なもので、わざわざ都会から足を運ぶ食通もいるとのことだった。それほど珍しいものだから「常連さんの神宮さん」が知らなくても無理もない、とお婆さんが言った。

食事の後にはお茶と手土産の落雁が出た。落雁を初めて食べた神は品のいい土壁を食べたらこんな味がするかもしれないと思った。お爺さんは神にユスラウメの果実酒をすすめた。蓮翔が両親や店の近況を話すのを聞きながら軽い酔いに身を任せているうちに、神はうたた寝をした。寝入る寸前にお婆さんの、

「じゃんがじょうに寝てくわるよ」

という笑いを含んだ声が聞こえた。よく眠っておられるという意味なのだろう。神は夢を見た。夢のなかでは泰山木《たいさんぼく》の葉の裏に留まっている美しい蛾になっていた。泰山木の花の甘く爽やかな香りに包まれて満足した神は町に出ようと思った。最近とんとご無沙汰しているテラ蕎麦に行きたくなったのだ。金色のラインとロゴマークのような模様の入った白い羽を広げて舞い立つとき、この羽は蓮翔のジャージとそっくりではないかと気づいた。

そして神の意識は畳の上に戻った。いつの間にか枕とタオルケットが与えられ、祖父母と孫は座敷から茶の間に移っていた。

「じゃんがじょう、寝てくわったね」

今度はお爺さんの声がした。

土間に積まれた山菜の束を蓮翔は濡らした新聞紙にくるみ、種類ごとに分けて丁寧にトロ箱に詰めた。見送りに出てきたお婆さんが、「タッパーはひつじくんに、おにぎりはあんたがたに」と言って、紙袋をトロ箱の隙間に押し込んできた。お礼を言ったり手を振ったりお辞儀をしたり、人の別れはなかなか忙しい。儀式のような別れからものの五分もたたないうちに、蓮翔は車を廃校となった小学校の校庭に乗り入れた。


ひつじくんはちょうど畑から帰って来たところだった。染料に使うタデアイやコブナグサ、アカネなどを育てているのだという。ままごとみたいな畑ですが、と語るひつじくんは、がっしりとした体格だったが、童顔でまるで学生のように見えた。

「太郎さんは店の常連でさ。星宇峡が見たいっていうから案内してきたんだ」

蓮翔が紹介するとひつじくんは神に軽く会釈をして、それから、

「蓮ちゃん、蕎麦打てるようになった?」

と聞いた。

「なかなか打たせてもらえねえんだな、これが」

蓮翔が恥ずかしそうに答えると、

「修業中はそんなもんだよ！　みんなそうだから！」

ひつじくんは明るく笑うのだった。

それから先に立って、校内を案内してくれた。音楽室や図書室などは昔の面影を残していて、体育館は村の倉庫として使われている。ひつじくんは家庭科室と畳のある用務員室を使って生活し、図工室と理科室で染色をしているのだった。下駄箱が並ぶ昇降口にはさまざまな草木で染められた、かせ糸の束が竿に干されていた。淡い色合いながら渋みのある紅色の糸を見て蓮翔が、いい色だなあ、俺は好きだなあ、と言った。

校内を一回りして戻ってくると、ひつじくんは桜の木の下のベンチを二人に勧め、自分は滑り台の下の方に座った。そして、

「星宇峡はどうでした？」

と神に聞いた。

「愛に満ちた不思議な場所だった」

神は率直に答えた。

「それなら行ってよかったですね」

「だけど旧道はムッカヤバかったぜ。相変わらず」

蓮翔が言った。

「異世界ファミレス、見ました？」

神はひつじくんの言葉に頷いたが、感想を述べることはできなかった。

「マジで異世界ってあると思うわ。俺たちの世界と異世界であの道、共有されてるわ」

蓮翔が言った。ほかに道がない、通り抜けようがない場所だから共有するのだろうか。そう思ってから神は、異世界など存在しない、と慌てて心のなかで打ち消した。

「でも蓮ちゃん、ぼくたちこそ同じ世界に住んでいるのかな」

ひつじくんは言った。

「どういうこと？」

「一人一人がそもそも違う世界に隔離されていて、別のものを見てるんじゃないかって思うんだ。たとえば、ぼくの夢に蓮ちゃんが出てきても、蓮ちゃんが同じ夢を見ているわけじゃない。現実も人の数だけあって交わらないいんじゃないかな」

そんなの淋しいじゃんかよ、と蓮翔が声を上げる。

「一人一台の車に乗っているようなものか」

神は口を挟んだ。

「そうです。そんな感じ。ぼくはカプセルでイメージしていたけど、車でもいい。あの旧道は人の数だけあって、車ですれ違うことはあっても誰も車からは降りない気がするんです」

「なるほど」

「そのバラバラをまとめているのが神様なのか、それともカプセル一つ一つに神様がついているのかって考えてるんですけど。太郎さんは神様っていると思います？」

ひつじくんが聞いた。

「どうかな」

神はためらった。

「いたとしても、おいそれと出てくることはないんじゃないか」

ひつじくんが神の方をちらっと見た。いい加減な答えだと思ったのか、視線の鋭さを感じた。神は問うた。

「じゃあ、人間ってどういうものだと思う？」

「人間は透明なチューブですよ」

ひつじくんは、サンドイッチの中身はハムとレタスですと言うくらい明快に答えた。

「もちろんぼくだけが言ってることじゃないです。でも昔、滝を見ていてたしかにそうだってわかりました」

透明なチューブだと？

滝を見ていてわかっただと？

神は不穏を感じた。もし人間だったらぞくっとしたかもしれないと思った。

「ひつじくんさあ」

蓮翔が言った。

「あんまり、難しいこと考えてっと、病むぜえ」

蓮翔の言葉遣いはお世辞にも丁寧とは言えないが、祖父母と話すときは優しい口調になり、ひつじくんといればのびやかなテンポになった。短い命しか持たない人間なのに、水や金属のように相手を反映して変わる。その生をさまざまな色に輝かせている。神はそのことを好ましいと思った。


「ひつじくんは、大した人物だな」

灯籠寺市に戻る車のなかで神は言った。

おそらく蓮翔も、お爺さんやお婆さんもすぐに今日のことなど忘れてしまうだろう。だがひつじくんは、自分が神だということを見抜いていたのではないだろうか。そして生涯、自分と話したことを覚えているに違いない。

「ひつじくん、時々難しいこと言うから俺なんかついていけねえんだけど、太郎さんとなら話合うんだな。一緒に行ってよかったよ」

「そう言ってもらえるとありがたい」

「太郎さん、おにぎり食わねえか」

蓮翔が言うので、神は後部座席の紙袋から、竹の皮に包まれたおにぎりを取りだそうとした。

そのとき、紙袋の底に何か光るものを見つけた。

一瞬、甲虫の死骸かと思ったがつまみあげてみると、それは金属製の小さなバッジだった。

「これ、なんだろう」

信号待ちでおにぎりを要求する手に神はバッジを載せてやった。

「ああ。これ校章バッジだよ。中学校の」

「なぜこんなものが入ってたんだろう」

「爺ちゃんが昔、筆柿中で先生やってたから紛れ込んでたんじゃねえの？」

蓮翔はおにぎりと引き換えに校章を神の手に戻した。

柿の葉に二本の筆が交差するデザインの校章には、「中」という字が刻まれていた。その「中」を丸く囲む輪のなかで、小さな光が回っている。またしても光が回るのか。どういう仕組みになっているのか、皆目見当がつかない。さっきのあの、透明なチューブは交番に届けたのに、またこうやって変なものがやって来た。

何でも知っているつもりでいた。その気になれば人でも世界でも、歴史ですら思うままに動かせると思っていた。だが今日はわからないことばかりだ。おかしなことばかりだ。人間であれば研究したり学習したりするかもしれないが、神はその思考の殆どを直感に頼っているのでわからないことは永遠にわからない。

俺は無知なる者だ、と神は思った。忸怩《じくじ》たる思いであった。

「太郎さんも食えよ。旨えぞ」

蓮翔が言った。神はバッジをそっと紙袋の底に戻し、お婆さんが握ってくれた山菜のおにぎりを頬張った。

和菓子のひろおか堂架【店名】紫苑市にある老舗和菓子店、落雁で有名
ムッカ架【方言】「とても」「すごく」を表す方言
白ヒルギタケ（味噌汁）架【植物】架空のキノコ。独特な香りを持ち、良い出汁がとれると言われている
かぼす菜架【植物】架空の山菜。柑橘の香りがするという
七里草架【植物】架空の山菜。七里（約28キロ）歩いて探し回るほどの価値があるとされている。葉は春菊に似た形状で、天ぷらや鍋物などに使われる
キリネ架【植物】架空の山菜。根はぽりぽりした食感と爽やかな香りで漬物などに使われる
ユスラウメ実【植物】バラ科サクラ属の落葉低木の果樹。若枝や葉に毛が生えているのが特徴。サクランボに似た赤い小さな実をつけ、食用になる
じゃんがじょう架【方言】黒蟹県の古い方言で「ぐっすりと（眠る）」さまを表す
くわる架【方言】黒蟹県の古い時代の方言で「いらっしゃる」の意。年配者や山間部の人々の間では現在も使われている
タデアイ、コブナグサ、アカネ実【植物】実在する染料食物

花辻と大日向

鷹狩リゾート音楽祭に前日入りした「花辻《はなつじ》」の二人が、ＫＫＣテレビの番組収録を終えたのは午後一時過ぎだった。局の玄関まで見送りに来たプロデューサーの古市《ふるいち》氏が、黒蟹県では県民がテレビに出ることは珍しくないのだと話した。なにしろローカル密着なので七五三や結婚式、地域の運動会や芋煮会、同窓会にまでテレビ取材が入るという。身近なメディアだからこそ「花辻」のような世界的なミュージシャンの出演は貴重であり、視聴者もスタッフも元気になれる、と古市氏は言った。

音楽祭の事務局に向かうマネージャーの吉田君と駐車場入口で別れたあと、

「このあと、どうされますか。宿にチェックインするんでしたら車を呼びますが」

と古市氏が聞いた。

「少し歩いてみます。さっき古市さんが教えてくれた遠雷《えんらい》飯店に行こうかと」

中辻《なかつじ》えみりが答えた。

「鷹狩銀座って、アーケードがある方の商店街ですよね？」

花園平《はなぞのたいら》が確認した。

「そうです。大通りからすぐ左です。お供できなくて残念ですが、遠雷飯店はＣＣヌードルの幟《のぼり》が出ているからすぐわかりますよ」

古市氏は、明日のステージを楽しみにしています、と言って職場に戻っていった。

鷹狩銀座商店街には、干物や海苔などの海産物を扱う土産物店やマリングッズが目を引く雑貨店、アジアンテイストのカフェなどが並んでいた。寂れているわけではないが人通りはまばらで、スピーカーからはとってつけたようなサーフロックが流れていた。

「冷やし中華が町の名物って、ありそうでないなあ」

「濃厚出汁の海老スープが気になるよね」

おかしなBGMのせいで、ふつうに会話していてもロケ番組のセリフのような気がしてくる。だが、黒蟹県に来てから元気がなかった中辻が興味を持ったようで、それはよかったと花園は思った。

CCヌードルの幟を探しながら歩いていると、前方に小柄な男が待ち構えているのが見えた。紺色のスーツ姿で、リュックもビジネスバッグも持っていない。観光や買い物に来ているわけでないことは一目瞭然であった。二人の姿を認めると男は深々と頭を下げ、勢いでずり落ちた金属フレームの眼鏡を左手の中指で直しながら、

「やはりこんなところで……お待ちしておりました」

と言った。蟹という字をデザインした襟元のバッジで、県庁職員であると知れた。

「県庁文化推進部の大日向《おおひなた》でございます。番組収録、お疲れ様でございました」

右肘を軽く引いてから思い切って放物線を描くように中辻の胸元に名刺を差し出し、花園にも同じ動作を繰り返す。

「ギターの花園平です」

「ヴォーカルの中辻えみりです」

お待ちしておりましたと言われても待ち合わせなどしていない。ライブの前に町長に挨拶するとは聞いていたが、県庁の人間と会う予定などなかった。

「お食事はまだですよね？」

大日向氏が聞いた。

「遠雷飯店さんに行こうと思ってたんです。プロデューサーさんから町の名物だって聞いて」

中辻が弾んだ声で答えた。

「実はもう、店を予約してございます。車も待たせておりますので」

大日向氏は言った。

「え、でも冷やし中華を」

中辻が言うと、

「そんなものはいけません」

と首を振る。いつの間にか商店街の脇道からバス通りへと誘導され、待っていた黒の公用車に乗るよう促された。俺らちょろいな、と花園は思う。サスペンスドラマだったら始まってすぐに誘拐されちゃうやつだ。

助手席に乗り込んだ大日向氏は髭《ひげ》を生やした大柄な運転手に「綾蘭茶寮《あやい》ね」と言った。

車が動き出すと、身を乗り出すようにして後部座席の二人を振り返り、

「イベントの主役に冷やし中華を差し上げたなんて知れたらいい笑いものです」

と言って、自分が白い歯を見せた。

「でも名物なんでしょう？　鷹狩町の」

中辻はよほど冷やし中華が食べたかったようだ。

「『昼飯ワンダフル』にも出たって」

「テレビ屋が担ぎ上げただけですよ。伝統なんてなにもない」

大日向氏が小さな声で「カカシテレビが」と毒づくと、髭の運転手がぬふっと笑った。

大日向氏がまた後部座席を振り返って話す。

「遠雷のマスターはもともと腕のいい料理人だったんです。小籠包《しょうろんぽう》だって北京ダックだってなかなかの評判でした。それがあの番組のせいで冷やし中華ばっかり出るようになって。観光協会がまた調子に乗って『冷やし中華で町おこし』とか『CCヌードル』だなんて言い出して」

「でもお役所が応援しているんですよね」

「わたくしは県の人間でして」大日向氏はきりっとした表情を見せてこう言った。「役場や観光協会とは違うんです」

「ごめんなさい。それは失礼しました」

花園は声を出さずに笑った。自由業の俺たちに県庁と町役場の関係を言われても困るけれど、世界の歌姫中辻えみりに、会って五分で「失礼しました」と言わせるお役人、相当な人物かもしれないぞ。

「ときにCCヌードルのCCってどういう意味なんです？」

花園は聞いた。

「英語の『チルド・チャイニーズ・ヌードル』ですよ。面白くもなんともないでしょう」

「軽いな」

花園が言うと大日向氏は、

「軽いんですよ。町長も観光協会も」

と応じた。

「でも、海老のスープっておいしそう。具材も海鮮系なんですよね」

中辻はまだ引き下がらない。

「味はいいですよ。そりゃあ一杯千二百円も取るんですから。だけど、鷹狩らしさなんて何もない。うちわ海老は千葉から取り寄せてるし、帆立は青森からだし、胡瓜とオカヒジキは本県のものですが鷹狩の地場産でもなんでもない。全部薬師村産です」

「遠雷飯店さん、冬はどうしてるんですか？」

花園が聞くと大日向氏はむっとしたように、

「中華丼です」

と言った。

「中華丼って中華料理ではないですよね」

「冷やし中華だって発祥は日本ですよ」

「中華丼は、英語でなんて言うんですかね？」

「知りません」

大日向氏が黙ると、髭の運転手がまた低い声でぬふっと笑った。


綾蘭茶寮は、市街地の外れに建つ古民家レストランだった。武家屋敷風の立派な構えだが、リノベーションのやりすぎで風情の失われた内装がいささか残念である。女将と大日向氏がやりとりしている後ろで「歯医者か美容院みたいね」と中辻が花園に耳打ちした。案内された席は日本庭園に面していて、石敷きの土間に北欧風のダイニングセットが置かれている。ガラス戸は開け放たれていて、なんだかゴルフ場の茶屋みたいだと坊ちゃん育ちの花園は思う。あたりを見回していると、肌寒ければそちらの毛布をお使いくださいと女将が言った。

重たい無垢の椅子に落ち着いた大日向氏が、

「なにか飲まれますか」

と言った。昼間からビールが飲みたいのかもしれなかったが、二人が炭酸水を選ぶと大日向氏も烏龍茶を注文した。

「お二人はその、ずっと東京なんですか」

大日向氏が聞いた。

「はい。二人とも東京都下です」

「東京とか、あとはどちらに？」

「僕は国分寺です。中辻は立川というか、どっちかと言えば多摩湖や西武球場に近い方なんですが」

「東京とか埼玉ってことですかね」

「いえ一応東京なんです。東大和市です」

大日向氏には23区を除いた東京を表す「都下」という表現が通じないようだったが、主題はそこではなかった。

「黒蟹県は田舎でしょう？」

答えに窮《きゅう》する質問だ。「そんなことありません」と言えば嘘になるし、「たしかに田舎ですね」と言えば相手が気分を害する可能性がある。「いいところですね」と答えるしかないのだが、なにしろ今日来たばかりだし、下手な言い方をすれば嫌味に響く。この場合は県全体を褒めるべきなのか、県庁のある紫苑市ではなく鷹狩町を持ち上げるべきなのか。花園が思い悩んでいると中辻があっさり言った。

「昔、この町に母方の祖父母の家があったんです」

それは初耳だ。

「おじいちゃんおばあちゃんが？　鷹狩町の方だったんですか！」

なんというご縁でしょう、と大日向氏が目を輝かせる。

「出身ではないんです。二人とも私が子供のころに亡くなったので町のことはあまり覚えていないんですが」

「ご親戚は今もこちらに？」

「いえ。誰もいません」

中辻がそう言ったところに「鷹狩御膳」が運ばれてきて、女将が説明を始めた。かぼちゃの和風ポタージュでございます。そしてこちらが海老と銀杏の茶碗蒸し、ケミ鯛のお造り、鷹狩牛のステーキとお口直しのアケビのソルベ、モキツ貝と秋野菜の炊いたん。お食事の方は竹ごはんと木挽瓜《こびき》の漬物でございます。デザートにはルバーブ大福をご用意しておりますので、コーヒーか紅茶、ジャスミン茶をお選びください。

「米以外、すべて鷹狩産です。米は薬師村産のヤクヒカリです」

大日向氏が得意気な表情で言った。

「美味しそうですね。器もすてきだし」

と言って箸をつけたものの、郷土料理に無理繰りフレンチをねじこんだ感は否めない。花園は、父親の成金趣味や贅沢な飲食を嫌っていた母親の「たかだか胡瓜の漬物を虫かごに入れて出してくる！」という言葉を久しぶりに思い出した。

「お二人は、その。喧嘩なさったりすることもあるんですか？」

大日向氏が言う。

「ありますよ。もちろん」

「喧嘩っていうか、こだわりが違ってどっちも引かなくなるときは、あるよね」

「レコーディングのときが多いかな」

「レコーディングは揉めるよねえ」

すると大日向氏が言った。

「実はその。今回お宿も別々と聞いたものですから。それで少々心配になりまして」

喧嘩をしていないか心配で様子を見に来たのか。しかし県庁は今回のイベントに絡んでいないはずだ。

「いつものことです。このひとは温泉旅館が大好きだし、僕はホテルの方が気楽なので宿は別なんです」

「今回、花園くんは鷹狩リゾートのホテルで、私は紅玉《こうぎょく》温泉です」

「ということは、えーと、その」

そのその言われたって何も疾《やま》しいことはない。

「取材でもよく聞かれるんですけれど、私たち、そういう関係ではないんです。今も昔も」

「ああなるほど、そうだったんですね」

大日向氏は急に晴れやかな顔つきになった。


「少しお話ししてもよろしいでしょうか」

ルバーブとクリームチーズが入った大福餅をつまみながら、大日向氏が言った。何を言うんだあんたずっと喋ってるだろう、と答えたくなる。

「再来年なんですが、全国里山博を本県で開催することになりまして。総務省と文化庁の後援も決まっているんですが、そこでその。なにか少し『花辻』のお二人にお願いができないかと思っておりまして」

この手のお願いで、少しが少しで済んだためしはない。

「んー。何かってなんでしょう」

中辻の「んー」の後にいい返事が出てこないことを花園は知っている。

「もちろん正式には事務所を通してお願いすることになりますが。その、テーマと言いますか楽曲の方を……図々しいお願いなのは百も承知でございますが、もしも可能でしたら本県に因《ちな》んだ歌詞ですとか、そういったその」

「んー。ちょっとまだわからないですね。ツアーの予定もありますし」

「もちろん！　もちろんそうですよね！　ただ、そんなことも聞いたかなあという程度に、心に留めておいていただければ、と思いまして。それだけでございます」

「僕も質問していいですか？」

花園は言った。

「わたくしに答えられることでしたら」

「さっき車のなかで聞いちゃったんですけど、カカシテレビって、なんです？」

大日向氏は「いやはっ」と笑った。

「ＫＫＣテレビのことですよ。黒蟹コミュニケーションズが正式名称ですが、地元民はＫＫＣをカカシと呼んでおりまして」

「なるほど。それとあと『昼飯ワンダフル』の大日向忠太《ちゅうた》さんとはご親戚ですか？」

「同郷ですね。まあ元を辿れば、遠い遠い親族っていうことにはなりますが何分わたくしのところは大日向姓ばっかりですから。大日向と木村しかいないんです。それ以外はほぼ、よそから来た人です」

「黒蟹県のどのあたりなんですか？」

「薬師村です」

なるほど。オカヒジキやヤクヒカリへの思い入れはそういうことだったのか。

「薬師村ってどんなところですか？」

「鷹狩町と薬師村は、わりと若い移住者がいるんです。鷹狩はもちろんリゾート関係ですが、薬師村の方はＩＴ系の自営業者に人気があるようでして。おかげさまで県のＤＸ関連でもずいぶんとお世話になっています」

「住みやすい土地なんですね」

「どうなんでしょう。ずっと県内にいると良さがわからないんですが」

二人がコーヒーを飲み終えると大日向氏は、

「このあと羊神社に寄りませんか？　すぐそこなんです」

と言った。


外から見た羊神社は鬱蒼とした森の中にあるようだったが、植生はよく手入れされていて境内は明るく、落ち着いていた。

「羊神社は全国に五社あるんですが、なかでも鷹狩羊が一番大きいです」

鷹狩羊なんて言われると鷹狩牛の仲間かと思う。

「酪農の神様かなにかですか？」

それとも羊の姿をした神なのだろうか。古代エジプト神にはツノを生やした神様もいたような気がする。

「いえ、旅行と商売繁盛と子孫繁栄の神と言われています」

本殿に参拝したあと、大日向氏に促されて絵馬にもイベントの成功祈願と二人の名前を書いた。絵馬掛けに紐を結びながら中辻が、

「なんだかここ、前に来たことがあるような気がします。似ているだけで別のところだったかもしれないけれど」

と言った。すると大日向氏が、

「奥の院に行ってみませんか？　眺めがいいんです」

と提案した。

奥の院は本殿の西側の岩山にあり、石段は気の遠くなるほどの長さだったが、途中で逃げるわけにもいかない。大日向氏は軽快な足取りで石段を登りながら羊神社の由来を話した。

「羊神社は羊太夫《ようだゆう》という東国の豪族を祀ったとされています。奈良時代のことなので細かいところははっきりしないのですが、とにかくその羊太夫という人物がこの地に滞在したと伝えられています」

「偉い人だったんですか」

「さあ。どんな人だったのかは誰も知りません。それでも羊太夫の末裔だという家は県内にいくつかありまして。資産家や権力者ではないのですが、発明家とか農学者とか、庶民の役に立つ独特な才能を持った人が出てきます」

大日向氏は振り向く時でも足を止めずに喋り続ける。息を切らせて追いかけながら、この人の先祖は羊ではなく山羊ではなかろうかと花園は思う。

「そんなにたくさん……」

中辻は質問を挟むことで立ち止まって休むという作戦を取った。

「……子孫が、いるんですか？」

優れた才能を輩出する種馬のようなものか。競馬ファンの花園はヒンドスタンやニジンスキーなどといった昔のリーディングサイアーの名を思い出しながら石段を登った。

「たくさんいるというわけではないんですが、県史には時折『羊系』の人物が登場するんです。もちろんどこまで本当かわかりませんよ。ただそういった優れた才能が出てくると『やっぱりあれは羊の家の出だ』と評判になるのも確かです。そんなこんなで羊神社は慕われています」

石段を登り切ると、小さな拝殿と境内があった。市街地と港湾を見下ろすなかなかの景観である。ここから拝む日の出は最高ですよ、と大日向氏が言った。

「途中で切れてる橋が見えませんか」

中辻の言葉を聞いて、大日向氏は頭を後ろに引いて眩しそうな表情を浮かべた。

「よくご存知ですね！　やっぱりいらしてたんですね！」

「急に思い出したんです。ここで見たのか、聞いた話なのかわかりませんが」

「反対側から見えるんです。こちらです」

三人は拝殿の後ろに回った。眼下には谷間の集落の屋根と川が見えた。大日向氏がスーツを全く気にせずに藪草をかき分けて指さした先に、黒い構造物が見えた。川を越えようとして途絶えている橋だった。

「これです。知ってます！」

中辻が声をあげた。

「橋のように見えますが廃線になった鉄道の高架なんです。川の手前で途切れています」

「電車も通っていたんですね」

「鉱山鉄道です。五ツ沢鉱山が閉山するときに鉄橋は解体されたんですが、川からこっち側は残っているんです。たかがり国体のときに紫苑駅から観光列車を通せないかという話もあったようでしたが、折り合いがつかなくて。結局そのままになっています」

「私の祖父は、五ツ沢鉱山で働いていたんです。技師をしていて、九州の方から移って来て、そのあともここに住んでいました」

「じゃあ、本当にこの場所に来ていたんですね！」

「祖父母と一緒に来て、アビニョンの橋の歌を歌いました。輪になって踊るやつ」

「たしかに。途中までの橋ということでアビニョンのサン・ベネゼ橋にたとえて、東洋のアビニョンなんて言う人もいましたね。実際は輪になれるほど広くはないそうですが」

大日向氏が紹介するさまざまな地元人の言説は、実は大日向氏自身の考えなのではないかと花園は気がつき始めていた。廃線の高架の下で歌い踊る幼い中辻の姿を思い浮かべていると中辻が言った。

「でもそれが多分最後です。そのあと鉄砲水で家ごと流されて。祖父も祖母も亡くなってしまったので」

「平成十二年の水害の……そうでしたか」

そう言われて花園も鷹狩町の水害のニュースを思い出した。泥のなかに見える倒壊した家屋や横転した自動車を、かれはテレビで映像として見ていたのだ。中辻のおじいちゃん、おばあちゃんはあの災害の犠牲者だったのか。

「悲しい災害だったので母もあまり話したがらなくて。お墓も東京にあるので長いこと来ていなかったんです」

大日向氏は、

「あのとき自分はまだ若造でした。災害対策本部の手伝いもしましたが、何のお役にもたてませんでした」

と言って中辻に頭を下げた。

「近くまで行けないのかな」

花園は軌道を見下ろして言った。

「以前は行けたんですが、今はもう道がありません」

「あの辺の家の人は、どうしてるんですか？」

「廃村で住民は一人もいないんです」

「じゃあ、ここからしか見えないっていうこと？」

「そうです。ここがギリギリです。でもこの藪ですから、そのうちには見られなくなってしまうかもしれないですね」

「どこにも行けなくて、どこからも見えなくなってしまう線路なんだ」

中辻が呟くように言った。


羊神社から出てくると大日向氏は「少し回り道をしてから、お二人を宿までお送りします」と言って、待っていた髭の運転手に小声で指示をした。それから鷹狩町の歴史について話したが、それは今までの声の調子とは違っていて、ひとつひとつ確かめるような話し方だった。

「五ツ沢鉱山は、江戸時代まではスズ鉱山として知られていました。昭和初期にエメリーの鉱脈が発見され、戦後はそちらが主体となりました。閉山は昭和五十五年。いよいよこの町も寂れてしまうと皆が心配したものですが、なんとかバブル期に間に合って、リゾート開発と国体のおかげで息を吹き返しました。ただ、今でも町役場は、マリンリゾートのイメージが変わってしまうと言って鉱山の観光化や遺構整備に反対しています」

中辻と花園は黙って頷いた。大日向氏は続けた。

「国内でエメリー鉱石が出るのは大分県とここだけなんですが、ダイヤモンドの次に硬いので研磨剤や道路の滑り止めとして使われました。エメリーは酸化アルミニウムのコランダムという鉱物にスピネルや磁鉄鉱などが混ざったものですが、同じコランダムにクロムや酸化チタンなどの不純物が混ざればルビーやサファイアが形成される。これはあくまで噂なんですが、江戸幕府はルビーやサファイアを採掘していたんじゃないかとも言われておりまして」

「日本でルビーやサファイアなんて聞いたことないけれど」

中辻が静かな声で言った。

「小さなサファイアなら国内でも出るところがあるんですが、たしかにルビーは確認されていません」

「ですよね」

「ところで、中辻さんの今日のお泊まりは紅玉温泉ですよね」

「そうですが」

「ルビーの和名は紅の玉、紅玉って書くんです」

「え？　林檎の湯だから紅玉温泉じゃないんですか？」

「そんなの後付けに決まってるじゃないですか。そもそも本県の気候は林檎栽培に適しておりません」

大日向氏はさらに語った。

「もしかしたら昔、ごく少量のルビーが出たのかもしれません。幕府は希少な石の価値を知っていたので、鷹狩りを目的とする『鷹場』に指定して直接管理したと言う人もいます」

「採れた宝石はどうなったんでしょう」

「殆どが海外に流出してしまったんでしょうね。金が流出したのと同じで」

「大日向さん」

中辻が言った。

「さっきの、研磨剤に使ったっていう石の名前、もう一度教えてください」

「エメリーです」

中辻は大きく息を吸い込んで、言った。

「祖父は私のことを『えめり』って呼んでいたんです。ぼそぼそ喋る人だったし訛《なま》りだとばっかり思っていました。でもきっと、エメリー鉱のつもりだったんですね」

大日向氏が言った。

「技師の方ならルビーやサファイアが出る可能性のこともご存じでしたでしょうし、宝石のようなお孫さんにご自身の夢を重ねていたのかもしれませんね」


公用車は、路肩の広くなったところに入り、音もなく停車した。

「もしかしてここが旧道の分岐点ですか」

花園が聞くと大日向氏が答えた。

「今走ってきたのが旧道なので、俗称で言えば旧旧道ということになります。廃道なので、正確に言えばかつて分岐だったところ、ですね」

車から降りるとすぐに目に入ったのが、平成十二年の水害慰霊碑と、五ッ沢鉱山物故者慰霊碑だった。中辻はその前に立って手を合わせた。何を祈り、語りかけているのか花園にはわからなかったが、中辻はずいぶん長い時間、そうしていた。

石碑の周りには吾亦紅《われもこう》や白粉花《おしろいばな》が植えられていて、花壇のなかを通る小径もあった。失われた旧旧道の方角へ歩き出した中辻の後を花園は追った。行く手はすぐに背の高いダリアやコスモスに遮られた。立ち尽くす中辻が、かつてこの奥にあった祖父母の家や、アビニヨンの橋の歌を歌った鉄道跡、鉄砲水を起こした川と五ッ沢鉱山を思っていることがわかった。

「地元の人たちが花の手入れをしてくれているんです。寂しくないように」

いつの間にか車を降りて近づいて来た髭の運転手が二人の前に進み出て、目の前の皇帝ダリアを腕で掻き退けるようにしてみせた。茂みの向こうには通行止めのゲートがあり、その奥には灰色のフェンスが張られていた。髭の運転手が離れると皇帝ダリアの花が大きく揺れて、閉ざされたゲートを隠した。

「どこにも行けなくて、どこからも見えなくなってしまう」

花園はさっき中辻が言った言葉を頭のなかで繰り返した。寂しくないように花を植えるのは、やはり寂しいからだと思ったが、振り向いた中辻の表情は思いのほか、さっぱりしていた。

花壇の入り口で二人を迎えるように立っていた大日向氏が、

「道は、ここまでです」

と言った。

ＫＫＣテレビ 架【企業】黒蟹県鷹狩町に本社のあるローカルテレビ、ラジオ局。正式名称は「黒蟹コミュニケーションズ」。俗に「カカシテレビ」とも呼ばれる

昼飯ワンダフル 架【番組名】ＫＫＣテレビ制作のロケ番組。大日向忠太が出演

うちわ海老 実【生物】実在する魚介類。セミエビ科ウチワエビ属。体が平たくうちわに似ていて、伊勢海老より美味とも言われる

オカヒジキ 実【植物】実在する野菜。ヒユ科オカヒジキ属。見た目が海藻のひじきに似ているが色は緑色。別名ミルナ

ケミ鯛 架【生物】架空の魚で鯛の一種。刺身や塩焼きで食されることが多い

モキツ貝 架【生物】架空の貝。ツブ貝に似た巻貝だが殻が青みがかった白色をしているのが特徴

木挽瓜 架【植物】架空の野菜。冬瓜に似ているが小さめで扱いやすい

ヤクヒカリ 架【植物】架空の米。主に黒蟹県薬師村で生産される

羊神社 実【神社】愛知県名古屋市、群馬県安中市に実在する

羊太夫（ヨウダユウ） 実【人物】奈良時代に上野国多胡郡の郡司だったとされる伝説の人物

エメリー鉱石 実【鉱物】実在の鉱物。かつて大分県にエメリー鉱山も存在した

紅玉 実【鉱物】ルビーの和名

神とお弁当

最近、神には頼まれごとが増えた。

神として人間の願いごとを聞き届けているわけではない。黒蟹県狐町の人々は神を、たまたまそこに居合わせた初老の男として認識していた。

どこに住んでいるのかと訊かれたとき、神は「あらゆる場所に」と答えるつもりだった。しかしどういうわけか「すぐそこの……」と口走ってしまい、人々は巷島《ちまたじま》三丁目のアパート住民であろうと推察した。湯波川沿いの土手の下に並び建つアパートは、かつてこの町にあった光学機器メーカー工場の単身者用借り上げ社宅にもなっていたから、そこに勤めていた人なのだろうと人々は思った。もちろん神に生活の実態があるわけではない。一定の条件から相手の人生を思い描き、ときには性格まで決めつけてしまう人間の想像力は、神の予想よりはるかに豊かなものであった。

目の前にいないとき、人々が神を思い出すことはなかった。しかしながら神はちょうどいいタイミングで現れるのだった。困りごとを察して出てくるわけではない。それは持って生まれた神の習性のようなものであった。たとえば朝、コンビニで買ったコーヒーの紙コップを持って土手に立っている。昼間に図書館から出てくることもある。雨の日のコインランドリーでドラム式の乾燥機を眺めていることもあった。

神と出会うと、人はなぜか些末で面倒なことを話してみようかしらという気分になるのだった。荷物や犬の見張り、落とし物の捜索、通学路の旗振りやゴミ当番の代役、公園の池に落としたメガネや強風で飛ばされた領収書を捜すこともあった。

漆《うるし》自動車の娘である漆萌香《うるしもえか》が逃してしまったセキセイインコを見つけて送り届けたのも神である。萌香が電柱に貼っていた「迷い鳥」のポスターには小鳥の羽の色や特徴が書かれていた。見つけたら家に届けてあげようと神は言い、一階が整備工場、二階が住宅となっている漆自動車の場所を聞いた。そこは巷島商店街のすぐ近くで、土手下のアパートからも五分とかからぬ場所であった。

神にとって一羽の鳥を捜すことなど造作もないことである。翌日、神が大学通りの並木道を歩いていると、セキセイインコの方から神を見つけて舞い降りてきた。小鳥の言い分は「逃げ出してはみたものの外の暮らしは面白くもなく、すっかり飽きてしまった。元いた家に戻ろうにも、野鳥と違って方向音痴なもので場所がさっぱりわからない。ろくな餌がみつからずに辟易しているし夜も寒くてかなわない。どうにかしてもらえないか」とのことであった。自らの不注意を後悔し、心配を募らせる娘と比べると甚だ尊大であると思ったが、神はインコをかぶっているハンチング帽の上に招き寄せた。そして頭の上でやかましく囀《さえず》る鳥を漆自動車まで送り届けた。それ以来、漆萌香とその両親から神は「ピヨコちゃんの恩人」としてもてなされるようになった。免許も車も持たない神であったが、漆自動車の応接で茶菓を供されることは気分がよかったのである。

漆自動車には多くの人が出入りしていた。ほとんどは近隣住民で小中学校の同窓生でもあった。車検や修理、エンジンオイルやタイヤの交換、板金塗装、ドレスアップのためのカスタムパーツの取り付け加工といった本来の業務のほかに、草刈り機や田植え機の修理を頼む者もいた。エンジン周りのことなら専門だから、と言って社長の漆大治郎《うるしだいじろう》は快く引き受けた。体温計の電池やストーブの芯の交換を頼みたいと持ち込む者もいた。今回だけだよ、と言いながら漆大治郎は不器用な者たちの世話を焼いた。これといった用事もないのに事務所に上がり込んで漫画や雑誌を読む者、モータースポーツのDVDを見ている者もいた。仕事帰りや休憩時間に作業着やツナギのまま立ち寄るため、初めて事務所に来た人には誰が社長で誰が客なのかわからなかった。

「ここは昔からみんなの溜まり場なのか」

神が聞くと漆大治郎は、前はそんなことはなかったと答えた。

「よく知らない人が外の水道で手を洗ってたり、サイクリングで来た人が勝手に中入って休んでたり、そういうのはふつうにあったんだけどさ。仲間が集まるようになったのは、四年前の台風のときからだな」

すると事務所のソファで車雑誌を眺めていた別の男が顔を上げて言った。

「同窓生たって大人になれば、そうそう友達とつるんじゃいられないよ。みんな仕事が忙しいし、結婚して子供できたら家族中心の生活になるしな。だけどあの大停電のときには、もうどうにもなんねえって感じで」

発電機のある整備工場に、灯りを求めて近隣の人々が集まったのだという。

「炊き出しもしたよな。肉焼いたりさんま焼いたり、カレー作ったり」

台風が去ってからも停電が復旧するまでには何日もかかった。商店街の精肉店や洋菓子店が冷蔵ではもたなくなりそうな食材を持ち込み始めた。暗闇に不安を覚える人々は、夜になると漆自動車に集まるようになった。漆大治郎はその日の仕事を終えるたびに、預かっている十数台の車両を空き地に移動させて人々が過ごすスペースを作ってやるのだった。

「だけどあれが一番旨かったよ。カタストロフ」

車雑誌の男が言うと、漆大治郎は大きく頷いた。

「うん。カタストロフが優勝だな。間違いねえ」

「カタストロフだと？」

災害時に食べる料理の名として「破滅《カタストロフ》」とは剣呑《けんのん》である。

「牛肉の煮込みだよ。ロシア料理だって」

カレーや豚汁に飽きたころ、エージ先輩の妻のターシャさんが腕をふるって大鍋でこしらえたのが伝説の「カタストロフ」なのだという。

「肉の煮込みに生クリームを入れたんだよ。びっくりしたけど合うんだな、これが」

漆大治郎はうっとりした様子で言った。もしかしてそれはストロガノフのことではないか、と神は問うたが、二人から「それとは違うんじゃね？」とあっさり否定された。ストローとは何の関係もない、肩ロースだからカタストロフだというのである。

＊＊＊

狐町には鉄道が通っていない。ニュータウンの開発が始まった頃には新交通システムを導入する計画もあったが実現しなかった。計画では、黒蟹電鉄の灯籠寺駅から案内軌条式鉄道（AGT）を敷設し、狐町役場、私立大学前経由で狩衣山《かりぎぬやま》ロープウェーの駅に接続するルートがおおよそ決まりかけていた。通勤通学のためばかりではなく、観光需要をも同時に満たす算段であった。今でも町内の飲食店の壁に貼られている「黒蟹のマッターホルン・狩衣山」のペナントは、この時期に大量に作られたものである。

しかし九〇年代後半になって計画は頓挫《とんざ》した。表向きは建設コストの問題とされているが、実際には灯籠寺市の市長が狐町との合併を条件として提示し、狐側がこれを拒絶したことが原因と言われている。つまり「うちと合併するのなら工事費の大半を肩代わりしてやる」と持ちかけたのである。もとから歴史も文化も異なる灯籠寺市をよく思っていなかった狐町の人々は「灯籠寺に騙された」と言って憚《はばか》らなかった。

狐町の岩飛《いわとび》町長はこのとき、初当選したばかりだったが、新交通システムの代替案として高速道路で紫苑駅と狐町を結ぶ「県央シャトル」、産業道路で窯熊駅と狐町を結ぶ「狐《こ》熊《ぐま》シャトル」というバスの運行計画を推進した。紫苑市からの県立大学の移転と同時期だったため、「県央シャトル」は相当な額の補助金を県から獲得することにも成功した。運賃や所要時間も、従来の路線バスから私鉄に乗り換える灯籠寺駅経由の半分程度となり、人の往来は盛んになった。すると今度は灯籠寺市民が「狐はずるい」と言い始めた。

隣接する自治体と仲が悪いのは珍しいことではない。そして「敵の敵は味方」という諺《ことわざ》と同じ意味で「隣の隣は味方」という傾向がある。狩衣山の山開きには紫苑市長や窯熊市長が参列して挨拶やテープカットなどを行うが、隣接する灯籠寺市や湯波町からは代理の若手職員が来て、挨拶を代読するとそそくさと帰ってしまうのであった。灯籠寺市もまた、紫苑市を挟んで向こう側にある鷹狩町や薬師村とは良好な関係を保っていた。

灯籠寺市との折り合いのよくない狐町であるが、町内でも産業道路を挟んだ東西で温度差がある。産業道路の西側、湯波川にかけてのエリアは、役場を中心に古くからの町工場や商店が集まる「元町」で、産業道路の東側は大雑把に「郊外」と呼ばれていた。

元町の巷島商店街は、産業道路の旧道である湯波街道沿いにある。今でこそシャッターを下ろした店や更地になった区画も目立つが、光学機器メーカーの工場があった頃は人通りも多かった。氷屋も浴槽店も傘屋も質屋も揃っていて住民の生活に不自由はなかったし、小さな映画館や寄席まであったという。

一方、かつての郊外にはのどかな農村風景があった。見渡す限りの麦畑のかなたに見えるのは赤い屋根のサイロを併設した西洋の城のようなカントリーエレベーターと「黒蟹のマッターホルン」こと狩衣山だけだった。ときには湯波温泉を訪れた男女が穀物の貯蔵倉庫であるカントリーエレベーターを休憩用の施設と間違えてうっかり農道に入ってくることすらあったという。今では産業道路沿いに大型の郊外型店舗やショッピングモールが立ち並び、周辺にはニュータウンと呼ばれる住宅団地がいくつも開発されている。狩衣山の麓には私立と県立の二つの大学があり、そのエリアは学園都市とも呼ばれていた。県内や隣県からニュータウンに移り住んだ若い夫婦や、アパート住まいの学生たちは元町の古い商店街に馴染まなかった。かれらは元町のことを時代遅れで排他的な地域だと思っていた。それに対して元町の人間は、郊外の計画的な街並みのことを公園墓地のようだと思い、住民と同じように薄っぺらで味がないと酷評するのだった。

隣接する地域の軋轢《あつれき》などという話は、もちろん神の与《あずか》り知らぬところである。神はこういった話を元町の狐町役場のすぐ裏にある居酒屋「もともっこす」で聞いたのであった。この店も数年前までは「もっこす」という、熊本から移住してきた夫婦が営む居酒屋だった。馬刺しや辛子蓮根、一文字《ひともじ》のぐるぐるといったメニューが評判だったが、入店早々に「あとぜきしてくださいね」と店主から言われることに狐町の人々は馴染めず、店は流行《はや》らなくなった。「あとぜき」というのは「扉を開けたら閉めること」であるが、「いらっしゃいませ」のタイミングでいきなり説教をされるようだと反発を買ったのである。「もっこす」の閉店後に居抜きで入ったのが現在の「もともっこす」で、湯波温泉で働いていたという大柄な女将がおでんや大皿料理を出している。

役場のすぐ裏の店に役場の人間はあまり来ない。職場が近すぎると気分転換にならないし、内緒の話をするにも気が引けるからである。この店の常連は郊外の大学関係者や、シャトルバスで紫苑市や窯熊市に通勤している地元住民だった。紫苑市の県立郷土博物館で学芸員として働く鱒島由依《ますしまゆい》もその一人であった。

狐町の人々の先祖は狩衣山の山賊だったという言い伝えを、神はこの店で鱒島由依から聞いたのだった。中世の時期に山を下りた山賊とその子孫たちは武士となって戦《いくさ》をしていたが、次第に武具や生活用品を売って暮らすようになった。当時この地を治めたのは油道《あぶらみち》雪常《ゆきつね》という人物で、武勇に優れ、商才にも長けていたため人々から慕われた。この場所も「雪常郷《ゆきつねごう》」と呼ばれていたが、のちに雪常が幕府から謀反の疑いをかけられて非業の死を遂げてからは「きつね郷」と名を変えたのだという。

別説もある。湯波川渓谷の地形を古語で「木津根《きつね》」と呼ぶことが、町名の由来だとする説である。しかしこれは江戸時代に流行した言葉遊びのようなものであって、あまり信憑《しんぴょう》性《せい》がないと鱒島は見解を述べた。どちらにしても町名の由来は動物の狐ではないというのが定説であり、だからこそ郊外で始まった「みんなのフォックス祭」や「ルナールダンス」などは、元町の人にとって受け入れ難いものなのだった。

「しかし先祖が山賊というのはどうなのかね。嫌だったりしないのか」

神が聞くと鱒島は、手酌で日本酒を注ぎながら笑った。

「それがこの地方全体の特色というか、面白いところで。ここでは、お堅い人や高貴な善人よりも義賊の方が人気なんですよ。大衆演劇や映画でもアウトロー系の話が好まれます」

「いいことをしたワルがモテる、ということか」

漆大治郎とその仲間を思い浮かべながら神は言った。

「平たく言えばそうですね。『昔はやんちゃしていた』というのは、今は立派な社会人だという自負を含んだ言い回しですから」

神は「やんちゃ」という言葉を知らなかった。しかし聞き返すのも野暮だと思い、

「『やんちゃ』の反対はなんだろう?」

と尋ねると、

「『世間知らず』でしょうかね」

と鱒島は答えた。

「我々学芸員や教員がよく言われることですが」

世間知らずは自分の方だ、と神は思った。

＊＊＊

神にとって人類は永遠の興味の対象である。そのため、頼まれごとをほどほどに引き受けているのであったが、今回ばかりはどうしたものかと頭を悩ませていた。灯籠寺市にある蕎麦屋の倅《せがれ》に、「黒蟹のお弁当コンテスト」の審査員を頼まれてしまったのである。地場産の農産物や魚介類を使った弁当を募集して、優秀作品を道の駅やスーパーマーケットで販売するという企画である。審査員に立候補する者がいなかったため、蕎麦屋の倅は商工会から六十代の人間をぜひ推薦してほしいと頼まれていたのだった。

しかし神には味がわからない。弁当どころか料理すらしたことがない。審査など到底無理だと断りかけたが、

「あんたが作るわけじゃない。いろんな人の意見が必要だって言われてるんだ」

という蕎麦屋の倅の押しに負けて「六十代」「無職」の枠で駆り出されたのだった。紫苑市の文化センターに招集された十二人の審査員はたしかに年齢層も職歴も多様であったが、頼まれたら断れないという性格の面では似通っていた。

参加賞のおこめ券が好評だったこともあり、一次審査には千件を超える弁当作品の応募

があった。このなかから四分の一程度に絞り込み、二次審査に進むのである。

大量の写真を見て、神は目をむいた。それらは神が見たことのある駅弁や弁当屋のものとは様相を異にしていた。そもそも器からして違っていた。売っている弁当のようなプラスチックの内仕切りはなく、樹脂製の四角い弁当箱のほかに、楕円形の曲げわっぱやステンレス製の円筒型のもの、竹で編んだ籠、保温性に優れたランチジャーもあった。ごはんと多種多様なおかずが隙間なく詰められ、彩りで季節感までもが表現されている。おかずの取り合わせは栄養バランスはもちろんのこと、携帯性、保存性、経済性などにも優れている。神には弁当箱の中身が、箱庭やアクアリウムのような一つの完成された世界に見えた。弁当を作る人は朝起きて、身支度をして出かける前に朝食と昼食の準備を並行して行うというのである。しかも毎日、少しずつ変化をつけながら、こんな手の込んだことを続けるのである。なんという情熱であろうか。

神が好んで食するカレーやラーメン、雑炊、揚げ出し豆腐、天ぷらそば、刺身、もつ鍋などは応募作品のなかには見受けられなかった。人々は天ぷらをつゆに浸けたりとんかつを出汁で煮ることは厭わないのに、雑炊が冷えたり麺が伸びることは許さないのだった。

考えれば考えるほど弁当というものがわからない。

そうかと言って応募者の人柄や運命を考慮して審査を行うのは、いささか不正の感がある。そこで神は人々の弁当を覗いてみることにした。

正午を過ぎると、休憩室、公園、教室、バックヤード、作業現場、山頂、広場、会議室、縁側、車のなか、控室などで次々と弁当箱の蓋が開いた。ほっとした顔、やれやれという顔、好物を発見して喜ぶ顔もあった。

「弁当とはいったい何か」

神は人類に問うた。

「もともっこす」の常連でもある学芸員の鱒島由依は、秋田杉で作られた曲げわっぱの弁当箱を気に入っていた。ごはんが冷めてもおいしいし、どんなおかずを入れても美しい。器よければすべてよし。

古書店を経営する近藤羽仁夫《こんどうはにお》は、そぼろ弁当こそが最高の弁当であると思っていた。材料が安いし調理時間も短い。栄養価も高くて味もいい。そして誰が作っても出来栄えに大きな差が出ない。俺が俺のために作るそぼろ弁当こそが世界の頂点、王者の弁当である。

神田梨緒《かんだりお》の母親である神田千鶴《かんだちづる》は、弁当とは我が子の笑顔だ、と思った。品数も栄養価も完璧なお弁当、よその子と比べて惨めな気分にならないきれいな色合いのお弁当、子供が大事にされていることが伝わるかわいいお弁当、苦手な野菜も食べやすく調理された賢いお弁当。「幸せ家族のアピールうぜえ」とか言うやつは地獄に堕ちろ。嫉妬の炎で燃え尽きろ。

製造オペレーターの鴨川聡《かもがわさとし》は、弁当くらい一人で食べさせてくれと思った。一緒に食べようと誘わないで欲しい。同僚の噂や上司の悪口を言いながら、同じ口で食べたら味が落ちるだろう。邪魔をしないで欲しい。僕は妻が作ってくれた弁当に集中したいのだ。家に帰ったら感想を求められるのだ。適当に答えると妻が不機嫌になるのだ。

映画館のロビーで上映時間を待っていた高校生の美作《みまさか》まりかは「もう良い、興が醒めた」と言って立ち去ることができたらどんなにいいだろうと思っていた。デートの相手である児嶋元輝《こじまもとき》がロビーにあるソファで弁当を広げて食べ始めたからである。こんな場所で弁当出現なんてママがデートについてきたようなもんだよ。敷きっぱなしの布団や襟ぐりの伸びたTシャツみたいに生々しさが過ぎるんだよ。リラックスした状態で無防備になった元輝がかわいいなんて境地にはまだ早いんだよ。今はお互いにドキドキ、キョドキョドする時期だろうよ。それなのに「帰る」と言えないのは惚れた弱みなのか。悲し。

トラック運転手の会沢百合《あいざわゆり》は好物であるスコッチエッグを食べながら考えていた。スコッチエッグはゆで卵とメンチカツのマリアージュと言えるのではないだろうか。そしてなぜ、これほどまでにカレーピラフとの相性がいいのだろうか。自分で作ることは一生ないだろうけれど、スコッチエッグを惣菜売り場に常備するスーパーからたちは偉いよほんと。

鳶職人の梶山清《かじやまきよし》は、弁当箱は男の器であると考える。若いころに骨折で入院したとき、病院食じゃ足りないって言ったらいろんな子が弁当を作って届けてくれたけど、そのなかで一番でっかいのを作ってくれた子がうちのかみさんだ。今はもう昔ほどがっつり食べられない。それでもこのでっかい弁当箱が俺の誇りだ。とんかつがささみカツになっても、ステーキが牛肉からまぐろになっても、野菜が多めになっても、それでも器を小さくすることだけは耐えられない。

介護職の樋口夏実《ひぐちなつみ》は、お弁当って二度寝の布団みたいだ、と思う。自分で自分に言う「おかえり」みたいな。職場で食べるお弁当は、自分も私的な生活を持つ人間でありますという表明でもある。つまり弁当とは公私の狭間にある。

これといった結論は出なかったものの、神は満足して探索を中止した。人類とはなんと愛らしく、そしていじましいのだろう。

「それでね。帰りに新大阪の駅で弁当を買ったんですよ。前から食べたかった心斎橋弁当。ちょうど始発がホームにいたもんで、窓際に座って発車前から食べ始めたらアナウンスで『この電車は粥沼《かゆぬま》行きです』って言われて。いやあ慌てたなあ」

その夜「もともっこす」のカウンター席に座った神は、商社員の柊光一《ひいらぎこういち》の話を聞いていた。柊は大阪出張から帰ってきたその足で「もともっこす」に立ち寄ったのだった。

「粥沼じゃあ帰ってこられないですね」

女将が笑いながら言った。

「ああ絶対に帰ってこられない」

柊も笑って、続けた。

「びっくりして、ぱけぱけっと弁当包み直して慌てて降りて、こっち方面に乗り直したんですけど」

「その様子、見てみたかったですよ」

「そんで乗り換えてから弁当を食べたんだけど、なんだかもう違うの。憧れの心斎橋弁当って感じじゃなくて」

「心斎橋弁当って有名だけど、何が入ってるんですか？」

女将が尋ねた。

「タコの唐揚げとか焼きアナゴとか筍の煮物とか、関西風で味付けも上品なんですよ。だけどもう、なんというかね。ほんの五分前に開けたときとは決定的に違うんです。まるで残り物を食べているような気がしてね」

神は柊を気の毒に思った。すると女将が言った。

「魔法が解けたんですね」

「まさにそう。馬車はかぼちゃに戻ってしまった、そんな感じです」

「魔法だって？」

神はびっくりして声をあげた。

「弁当を開くと魔法が解ける？」

「新品じゃなくなるっていうのかな。駅弁は紙でぴしっと包んで紐でぴっと結んであるでしょ、あれがいいの」

開封の儀が大切であるということか。出会いの瞬間を間違うと味が落ちるということか。

「家庭で作る弁当にも魔法はかかっていますか？」

神は聞いた。

「愛情だろうね。手作りの弁当は」

女将が答えた。

「愛情という魔法か。愛情、なるほどそうなのか」

子供や配偶者への愛情、自らを労《いた》わる愛情、だから人々は弁当箱の蓋を開けたときにほっとして笑うのだろうか。

柊と女将が怪訝な顔で神のことを見ていた。

「私はあんまり、弁当なんてものを作ってもらったことがないもので。それで興味があるというか……」

神は事実を述べただけだったが、二人の表情から怪訝さは消え、同情と慈しみのこもったものへと変わった。

巷島商店街に七星《ななほし》ベーカリーというパン屋がある。三ヶ日《みっかび》凡《なみ》は、営業途中にこの店に立ち寄るのを楽しみにしていた。ドーム型のＵＦＯパン、魚肉ソーセージの入ったロケットパン、日替わりで種類の変わる餡子《あんこ》やクリーム、ジャムなどの入った三色パン、やきそばパン、うずら卵入りカレードーナッツなど、どれにするか決めかねて店内を回りながら迷いに迷う、その時間が好きなのだった。

紅葉の美しい湯波川緑地の四阿《あずまや》のベンチに座り、凡は週刊誌を読みながら片手でパン屋の袋を開いて野菜サンドを取り出した。寒くなってきたから、外でパンを食べるのもそろそろ終わりかもしれない。そう思うとこのひとときが、かけがえのない時だと感じられるのだった。

「それも、弁当の一種なのか」

そこに居合わせた神が聞いた。

「お弁当じゃありませんパンです」

反射的にそう答えてから、不思議そうな顔をしている神を見て凡は、

「すぐそこの商店街で買った惣菜パンです」

と付け加えた。

「弁当と同じ昼食に見えるが、パンのことを弁当とは呼ばないのか？」

「呼びませんね」

「ありがとう」

釈然としないまま立ち去ろうとしたとき、神は凡の願いに気がついた。凡が目の前に広げていた『週刊ソサエティ』を、神もまた偶然に携えていたのだ。凡が読んでいたページの記事は「トンデモ町長の止まらぬ舌禍《ぜっか》」というタイトルで、狐町の町長である岩飛陽一《よういち》の写真とともに、二週間前の「文化なんてどうだっていい」発言や、昨年の「知事は目立ちたいだけの怠け者」、二年前の「国との戦争も辞さない」といった数々の放言について書かれていた。凡はその記事のことを人に話したくて仕方がなかったのだ。しかし支持者や縁者も多いこの町で迂闊なことを言えば、何を言われるかわからない。かといって県外に住む友人や狐町を担当していない同僚が相手ではニュアンスが伝わらず、一緒に笑ってはもらえない。

「岩飛町長はたしか、双子の兄の方だったな」

神は言った。

「そうなんです！」

野菜サンドを食べ終わってフランクロールを手に取った凡が言った。

「私、仕事で双子の弟さんがいらっしゃる会社を担当してるんですが、あんまりお顔がそっくりなので。笑っちゃ失礼なんですけど、誰かに言いたくて」

「うっかり者の弟の方か」

ジャガーホームという工務店で専務をしている岩飛陽二《いわとびようじ》は、双子の兄とは違って穏やかな紳士だと言われているが、子供のころから忘れ物、失くし物が多く、そのことでよくトラブルとなるのだった。上着や財布だけならともかく、先週も契約書を紛失したといって騒ぎになり、商工会議所にはノートパソコンの入ったビジネスバッグを置き忘れたばかりだった。

「岩飛専務のこと、ご存じなんですね」

凡が嬉しそうに言った。

「すれ違ったことがある程度で、知り合いとは言えないが」

「うっかりと言っても仕事はちゃんとしてるんです。ただ、忘れ物が多いってだけで」

「町長だって悪人ではない。財政の方はしっかりやっている」

「ナチュラル失礼マンですけどね」

町長の失言は、興味のない分野への対応が雑になるところから来ていた。雑に扱われた立場の人はもちろん傷つき、怒りを覚えた。それでも六期目を務める町長には人気があった。欠点が明らかになっているのでそれ以上、叩きようがない。失言もするが謝罪も早いし、正直で裏がないと評価する人もいる。思ったことをズバズバ言うので気持ちがいいと言う人もいる。間違いもあるけれどそこが人間らしいと言う人もいた。

「二人とも一生懸命生きているのだ。しかし能力以上に頑張り過ぎるのでどうしてもボロが出る」

「わかります。でも周りはそのたびにまた事件が起きたって、振り回されるんですよね」

「そのお陰で、しっかり者が集まってくる」

たしかに町長にしても専務にしても、気配りの細やかな者たちに囲まれて仕事をしているのだった。新人や若手も、注意深く全体を見てチェックを怠らないため、優秀な人材として育っていった。

「鏡の向こうを覗き見しているような気分になります」

「どういうことだ？」

神は三ヶ日凡の横に立ち、彼女のイメージを解析した。

鏡の前に岩飛専務が立っている。しかし鏡に見えていたのは、実はただのガラス窓であり、向こうからこちらを見ているのは兄の岩飛町長なのだった。よく見れば専務は会社のロゴの入ったジャンパーを着ていたし、ガラス窓の向こうの男はスーツの上に「いわとび陽一」の文字が白抜きされた水色のたすきをかけていた。専務の背後には、ジャガーホームの社員や三ヶ日凡が他の業者とともに立っている。町長の背後にいるのは、商工会会頭である木葉《きば》善四郎《ぜんしろう》や、広報課秘書係の乃木下《のぎのした》長介《ちょうすけ》をはじめとする町職員たちだった。

「町長の後ろの人たちも、私たちみたいにやきもきハラハラするんだなと思うと親近感が湧くんです。お互い大変ですね、お疲れ様ですって、手を振りたくなるんです。きっと向こう側の人たちも同じ気持ちだと思います」

三ヶ日凡は言った。

「なるほど、気持ちが鏡に映るのか。それは面白い」

神は言った。

「いろいろ聞いてもらっちゃってすみませんでした。そろそろ、仕事に戻りますね」

駐車場の方へ歩いていく凡の後ろ姿を見ながら神は、もし自分にそっくりな奴がガラスの向こうに見えるとしたら、それはどんな奴なのだろうと考えていた。神の姿は鏡に映らない。

＊＊＊

「黒蟹のお弁当コンテスト」の二次審査は、調理師、料理研究家、管理栄養士、フードコーディネーターなどのプロが結集したチームによって行われた。最終審査に進む人数は一次審査を通過した二百六十三人から十人にまで絞られた。審査は厳正かつ公平に行われたが、不思議なことに選ばれた十人も審査員と同じように男女比は半々で、十代から八十代まで年齢もバラバラだった。候補作品の弁当に重複した食材はなく、見えない力でも働いているかのようであった。

十二月初めの最終審査の日、二次審査を通過した十人は文化センターのキッチンスタジオに赴《おもむ》き、それぞれの弁当作品を調理した。その模様はＫＫＣテレビでも放映された。プロのチームは、別スタジオで最終候補作品と同じものを大量に調理し、試食審査のためのビュッフェの準備を整えた。

最終審査で落とされる作品はなく、十人には十種類の賞が用意されていた。大賞である農林水産大臣賞と、県知事賞、道の駅賞、スーパーからたち賞、JAくろかに賞、JF黒蟹賞、KKCテレビ賞、FMシオン賞、黒蟹新報賞、審査員特別賞である。選考会は十人をどの賞に割り当てるかを検討するふんわりとした会議であった。まるで出来合いの惣菜を与えられた箱に詰める作業のようでもあり、「なんかそんな感じじゃない?」「たしかにそれっぽいかも」「いいと思いまーす」といったゆるい合意形成がなされて、めでたく各賞が決定した。

大賞である農林水産大臣賞を受賞した弁当は、黒蟹山を表現したというカニ爪フライを筆柿村産のかぼす菜のおにぎりと組み合わせたもので、紫苑市の中学生、玉野《たまの》邦彦《くにひこ》によるものだった。受賞者には賞状とトロフィー、県内で利用できる十万円分のフードポイントが贈られた。ほかの受賞作品も、薬師村産の鹿肉の味噌焼き、ケミ鯛のクリームコロッケ、白ヒルギタケの卵焼き、狩衣山で獲れた猪肉のパテ、魚介のすり身とワラジ菜の重ね蒸し、木挽瓜とマンゴーのピクルス、手作りフルーツ蒲鉾など、オリジナリティと地域性を兼ね備えたものばかりだった。神の舌には、どの弁当もすこぶる美味であった。しかし何かが足りない気もした。神の目にはどの弁当も美しく見えた。しかし審査員たちと同じように曖昧な表情を浮かべているような気もしていた。特別な、愛の魔法のかかった弁当はそこに一つも存在しなかった。

求められるままに選考経過についてのコメントもしたが、終わってしまえば神は、誰の印象にも残らない。その点においては審査員として相応《ふさわ》しかったのかもしれないと思った。

セレモニーの後には記念撮影が行われた。受賞者がマスコミからの取材を受けている間に、審査員たちは来賓と交流した。神の前には、もみあげの立派な狐町の町長、岩飛陽一が立っていた。

「お疲れ様でございました。大役が無事に終わってよかったですな」

岩飛町長は言った。

「もっと厳しい競争があって大変な審査なのかと思っていたんですが……」

神は少し小さな声で言った。

「皆さんが喜んで、どこからも文句のでないことが成功なんです。たとえ茶番だとか出来レースだとか言われたとしてもね」

「なるほど」

「だってそもそも弁当に優劣なんてつけられます？　意味ないでしょ」

岩飛町長はそう言って去って行った。

すぐに広報課秘書係の乃木下氏が飛んできて、

「今のお話ですが、どうぞご内密に」
と神に耳打ちをした。

＊＊＊

いつの間にかクリスマスは過ぎ、年の瀬が迫っていた。シャッターの目立つ巷島商店街にも正月飾りや家庭用のミニ門松などを売る露店が立った。ささやかながら福引も行われていた。

商店街から一本裏の道に入ると、聞きなれない音が響いてきた。興味を惹かれた神が近づいていくと、漆自動車に人々が集まって、餅搗《つ》きをしているのだった。

車両を移動して広いスペースとなった駐車場には、ドラム缶を流用した竈《かまど》がいくつも設置され、餅米が蒸されているせいろから盛んに湯気が上がっていた。すぐに漆萌香と母親の佳美《よしみ》が神に気がついて、「一緒にどうですか！」と招き入れた。

漆大治郎とその仲間たちの真似をして、神も杵を振り上げてみたが、思うように打ち下ろすことができなかった。熱い餅の塊をひっくり返す、返し手の手捌きも見事なものだった。

「おじさんは、お餅搗きしたことないの？」

萌香が聞いた。

「実はこれが初めてなんだ」

神が答えると、

「じゃあ、こっちに来なよ」

と言って子供たちの集まるテーブルへと誘った。神は子供たちの輪に加わって搗きたての餅を丸めた。台所に詰めていたおばあさんたちが、餡子やきな粉、大根おろしなどを持ってきた。丸めた餅を絡めて食べると絶品であった。

「魔法みたいだな」

神は言った。


やがて陽が傾くと、集まっていた人々は各々が正月に食べる分の餅と好みの大きさの鏡餅を受け取り、「良いお年を!」と言いながら帰って行った。

漆大治郎と萌香がやって来て、

「今年もお世話になりました」

「おじさんのおかげでピヨコは今日も元気です」

と丁寧な挨拶をした。

「こちらこそ、いろいろありがとう。また来年」

と言って神が帰ろうとすると、佳美が、

「ほんの気持ちばかりですが持って行ってください」

と言って風呂敷包みを差し出した。風呂敷の中には小さな重箱が包まれている。

「これは、お弁当！」

神は思わず声を上げげた。

「お弁当じゃないよ。おせち料理だよ」

萌香が笑った。


その夜初めて神は、人々が思うところの神の家であるアパートの部屋に入った。質素な四畳半の部屋で、小さな台所とユニットバスがついていた。もちろん家具も布団もない。畳の上に正座した神は、重箱に手を合わせ、果たして今の自分はどんな顔をしているのだろうと思いながら蓋を開いた。重箱は九つに仕切られていて、伊達巻、なます、栗きんとん、紅白蒲鉾、海老の塩焼き、かずのこ、黒豆、昆布巻き、田作りが入っていた。

これこそ神にふさわしい、最高の弁当ではないか。

食べ物に魔法をかけて愛情を表現するものが家庭の弁当だとしたら、おせち料理には新年を祝う気持ちと無病息災への祈りがあるのだった。味や彩りではない、オリジナリティでも地域性でもない。人々の祈りこそが神にとって真の食物であった。

「ついに俺様は弁当を手に入れた」

神は喜びの声をあげた。すると四畳半の部屋に光が満ちあふれ、七色の花びらが花吹雪となって舞い散った。

カタストロフ 架【料理】ストロガノフに似たロシア料理、もしくはストロガノフそのもの
カントリーエレベーター 実【建築】大型の穀物貯蔵施設
もっこす 実【性格】熊本県人の気質を表す。頑固、意地っ張りといった意味
一文字のぐるぐる 実【料理】熊本の郷土料理、「ひともじ」と呼ばれる分葱を巻いて酢味噌で食する
おこめ券 実【商品券】全米販が発行する商品券
スーパーからたち 架【店名】架空のスーパーチェーン
心斎橋弁当 架【食品】新大阪駅で売っているとされる架空の駅弁
粥沼 架【地名】黒蟹県外の架空の駅名。『忘れられたワルツ』所収の「NR」という短編にも登場する
ぱけぱけっと 架【方言】黒蟹方言、「手早く」「急いで」という意味
UFOパン、ロケットパン、三色パン 実【食品】実在する菓子パンの名称
週刊ソサエティ 架【雑誌】架空の雑誌
FMシオン、黒蟹新報 架【報道機関】黒蟹県内のFM局と地方紙
ワラジ菜 架【植物】架空の野菜。小松菜に似たアブラナ科の植物

なんだかわからん木

実家の裏庭になんだかわからん木が生えた。気がついたのは父の七回忌で帰ったときで、腰の高さくらいのひょろっとした木が、我々が帰省したときしか使われない駐車スペースの端に生えていた。

「この木、なに」

と聞くと、

「なんだかわからん木」

と母は答えた。自然に生えてきたものだという。

法事の後、家族会議が行われた。母は御年八十二歳、健康だし目も頭もしっかりしているけれど、運転免許はとっくの昔に返納し自転車に乗ることも最近やめた。かろうじてスマホは持っているけれど使いこなせているとは言い難い。買い物や通院など日々の生活に不便があるだけでなく本人、家族ともに不安でもある。そろそろ我々四人きょうだいの誰かが同居する必要があるのではないか、このような議題である。四人ともなぜか揃って独身で、過去につき合った相手などはいても、結果として灯籠寺の十和島《とわじま》家は我々の代で終わる。

兄は自由人である。ロックバンドのサポートメンバーとしてドラムを叩くこともあるが、それ以外は各地のイベントでかき氷を売ったりクレープやケバブを焼いたりしているようだ。ときどき中南米や南太平洋の国に旅行して意味不明なお土産とともに帰ってくる。住所不定無職というやつである。自由人の「自由」にわたくしは「あてにならない」というルビをふっている。

狐町で大学教員をしている上の弟は四十歳を過ぎて和装に凝《こ》り出した。仕事のときはスーツを着ていても、小さな町のことなので休日に出かければ学生たちに目撃される。学生からは「まろ」と呼ばれているのだと中途半端に柔らかい表情で言った。まろは七年前に1LDKの分譲マンションを買い、ローン返済中である。

母との同居にもっともふさわしいのは、苗島《なえじま》で駐在をしている下の弟だとわたくしは思っていた。離島勤務は長くても三年なので、来年には本土に戻ってくる。口下手で風采も上がらない男だが性格は優しくて体力もあり、末っ子で可愛がられてもいたから母を支える男手として申し分ない。ところが島の人は「早期退職して京都に移住する」と言い出した。これまでの反動かもしれないが、「文化を浴びるような生活がしたい」と言うのである。自由人はもちろんのこと、京都に滞在拠点の欲しいまろもこれを熱烈に支持した。そのようなわけで消去法が採用され、わたくしが実家に戻ることになったのである。申し遅れましたがわたくしは長女の十和島絵衣子《えいこ》。紫苑市で働き、賃貸マンションで一人暮らしをしている。家では「エーコちゃん」だが会社では表向き「所長」である。しかし自分のいないところで「謝罪のAさん」と呼ばれていることもわたくしはよく知っている。仕事の話はまた追々ということで。

酒もタバコもやらないと言えば真面目で健康的だと褒められるかもしれないが、菓子もフルーツもやらないと言って得することはなにもない。いらないと答えれば無粋《ぶすい》でつまらないやつだと思われる。事実わたくしは無粋でつまらない女だ。アレルギーではなく好き嫌いの問題なので誰も記憶してくれない。自由人は「これ、そんなに甘くないから」と湯波温泉で買ってきた饅頭を勧め、まろは「これだったらエーコちゃんでも食べられると思って」と狐町で買ってきたケーキを勧め、島の人は「全然すっぱくないよ」と言って島で採れた激甘フルーツを勧めてくる。母までもがアイスクリームを取り分けて食べさせようとする。奥歯の根本がヒシヒシと痛むのでアイスなんて風邪で高熱が出たときだけでいいと思っているのだが、いらないと言うと悲しそうな顔になる。親兄弟を悲しませるつもりは毛頭ないのに、なぜ無理に食べさせようとするのか。なぜ必死になるのか。なぜ懇願するのか。ギャンブルをしない人に「1円パチンコなら大して損しないから」と言ってパチンコ屋に連れて行くだろうか。非喫煙者に「これ1ミリのスーパーライトだから」とタバコを勧めるだろうか。否。否。そんなばかな話があるものでしょうか。

このように家族に対しては断固拒絶するのであるが、仕事の打ち合わせ中に菓子が出てきたときは別である。それはご厚意なのだから、ありがたくいただくしかない。味を感じないように、なるべく嚙まずに大きな塊を必死で飲み込めば、気持ちが悪くて額や首筋や胸元に大粒の汗が噴き出してくる。皮膚から滲み出た涙だと思いながら耐えている。

さて、なんだかわからん木の成長は早かった。半年後にはわたくしの背丈を優に越し、マンションを引き払って四月半ばに実家に戻ったときには二階のベランダに迫る高さとなっていた。なんら特徴のない幹にやたらと細い枝を分岐させ、なんら特徴のない葉っぱを茂らせていた。

会社の人たちとお昼を食べたときに話すと皆が口々に「うちにもありました、なんだかわからん木」と言い出した。しかしそれらは生じたときにはなんだかわからん植物でも、のちにヌルデやトウネズミモチであることが判明したものであって、うちの木とは別物だった。鳥が種を運んできたのだろうというのが共通の見解だった。しかしそれがヒヨドリなのかツグミなのか、もっと珍しい鳥なのかもわからない。駿河井《するがい》という名の若手のホープは「我が家のなんだかわからん木は敷地の境界の砂利から生え出したと思ったらみるみるうちに太い茎に成長し、葉や花をつけ、実までなりました。茎を切ってもすぐに復活し、根から引っこ抜いてようやくいなくなりました。後で調べてみたところ毒のある植物とのことがわかってヒヤリとしました」という、丁寧な手書きのメモを自主的に提出した。能力はあるのに熱意を向けるベクトルを間違えがちな部下なのである。達筆なのはもうわかったから筆ペンでメモを取るのもやめてほしい。それ以前に駿河井家に生えたのはヨウシュヤマゴボウという多年草で、木ですらなかった。

なんだかわからん木と言っても名前はあるはずだ。しかし誰に聞いてもわからなかったのだと母は言った。灯籠寺の住職は「エゴノキじゃないね」と言ったが木の名前は知らなかった。半年おきにきてくれる植木屋さんも「まあ雑木《ざつぼく》ですよ。早いうちに切った方がいい」と言ったが木の名前は知らなかった。建具屋のご隠居も「特に役に立つ木じゃないね」と言ったが木の名前は知らなかった。仕事と関わりのない木の名前は記憶する必要すらないのだった。

扱いにくい。利用価値がない。さしたる特徴もない。

一方的な思いでしかないが、なんだかわからん木のことをわたくしは不憫《ふびん》に思った。


草木がまったくない裸地《らち》から鬱蒼とした森林が形成されるまで、植生が変化していくことを遷移《せんい》という。なんだかわからん木は、極相《クライマックス》へと向かう遷移の、ひとつのステップであると言えよう。庭でも耕作放棄地でも放っておけば雑草が生い茂り、多年生の草本が蔓延《はびこ》り、なんだかわからん木が生えてくるものである。やがて最大光合成量の高い陽樹《ようじゅ》が隆盛を極めて昼なお暗き森となり、さらに時間がたてば暗い森でも成長できる陰樹《いんじゅ》が取って代わることになる。長期間にわたって安定するこの状態を極相《きょくそう》と呼ぶ。植物全体にとっての究極の世界というのは人間がとても立ち入ることのできないような原生林なのだ。

人間の生活にも似たところがあるとわたくしは思う。掃除をせずに放っておけば部屋には埃が溜まり、カビが生え、ついにはゴミ屋敷となる。髪や髭の手入れをせずにそのままにしていれば見るも無惨な姿となる。常に一定の方向に進んでいくのである。

わたくしたちが日頃自然だと感じているもののほとんどは、管理の行き届いた里山や生産施設である田んぼや畑といった、極めて人工的な風景だ。そしてなんかいい感じと思ってしまいがちな、地球に優しい自然な暮らしなどというものは、どうしようもなく人間本位で不自然で矛盾だらけなものなのだ。

人間の生活は自然への抵抗である。

戦うか。遷移に抗《あらが》って戦うのか。かかってくんのか。なんだかわからん木はわたくしを挑発しているように思えてならない。

世の中には多種多様な「なんだかわからん木」がある、ということを先ほど申し上げました。

しかし人間もまた「なんだかわからん木」なのではないか。林檎や柿のような果樹ではなく、杉や檜《ひのき》のように材木が採れるわけでもない。欅《けやき》や鈴懸《すずかけ》のように街路樹として街を彩ることも橅《ぶな》のように水源を守ってありがたがられることもない。ここに例としていくつか挙げましたが、このように誰が見ても名前のわかる木というのは人間で言えば芸能人みたいなものであって、大多数の木は「なんだかわからん木」、大多数の人間は「なんだかわからん人」として生きている。

わたくしもその一員だ。五十代。女性。黒蟹県灯籠寺市出身。株式会社シルトテック勤務。シルトテックは各地に拠点を持つ上場企業ではあるが、なんだかわからん部類の会社だろう。製造しているのは家庭用のパワーエートス、事業用のセレマ4などに代表されるエネルギーバランスコーディネートシステムである。これはすなわちガス、電気、外気、地熱、水、蒸気などのエネルギーを、AIが計算した最適な比率で組み合わせ、空調や調理器具、給湯器機に供給するシステムなのだが、おそらくこの説明では聞いた人のほとんどが「なんだかわからん」と思うことだろう。実物を見たって、薄い金属の板で覆われたただの箱であり「なんだかわからん」以外の感想は期待できない。

三足千円の靴下をローテーションで一冬履いたら、三足とも同じ時期に小指の端に穴があいた。品質管理とはまさにこういうことだと思う。エートスやセレマも機械ものだから八年から十年程度で消耗して部品交換が必要となる。十年間メンテナンスフリーの車に乗っている人はいないのに、定期メンテナンスをお勧めすると余計なサービスで儲けようとしているように思われる。エネルギーバランスコーディネートシステムのことなど普段意識せずに暮らしているからこそ、そのメリットはあまり感じない。それゆえ不具合が起きると顧客はまるで隕石でも落ちてきたかのように驚き、ときに怒り狂うのである。

社内外にあまねく気を遣い、全方位に頭を下げ、話を丸く収め続けて三十年、わたくしはようやく出身地の小さな営業所に戻ってきて所長になった。この先の昇進はなく、定年までここにいるのだと思う。老け顔とノリの悪さゆえに人から舐められにくいことも功を奏したが、前述のように社内では「謝罪のAさん」と呼ばれ、謝罪で出世したと思われている。どうでもいいけど。

クレーム処理は誰も好まぬ仕事ではあるが、お客さまはクレームをきっかけに自らコンタクトをとって下さるわけでこれは一つのご縁である。ありがたいとは思わなくても奇縁であるとは思う。お客さまは、それぞれに思い描いたストーリーを用意していて、それに沿ったふるまいを手前どもに望んでおられる。ダイナミックな動作や表情豊かな声色での謝罪から始まる物語も、プロセスの冷静な共有から始まる物語もある。製品のコンセプトそのものが前提となる物語もある。お客さま固有の背景を知ってほしい、それをなにより優先してほしいという場合もある。

起きてしまったことは変えられない。対処の選択肢もそんなに多くはない。わたくしはただ、相手の性格と心情、立場や背景が織り上げる物語に寄り添っているだけであって特別なことはなにもしてない。大きくはっきりした声、消えいるような声、冷静で穏やかな声、方言を交えた安心感のある語り口、取り乱す姿、義憤にかられた姿、お客さまと嘆きや怒りを共有する姿勢、お客さまをあっと驚かせる泣き笑いなど、いろいろな表現を必要と期待される効果に応じて繰り出しはいたします。しかし何度でも申し上げますが、決して好きでやっているわけでも楽しんでいるわけでもないのであって。こんなことは、手土産に紫苑市の銘菓である落雁を持参するか、それとも灯籠寺名物のきんつばにするのか、というチョイスとなんら変わりはないのです。どれが正解ということはない。地元のものなんてと思う向きもあれば、普段は食べないからと意外に喜ばれることもある。建築現場にはケーキの方が受けるが、もちろんわたくしのように甘いものが苦手な監督さん、職人さんだっている。

わたくしの泣き笑い謝罪を「すごい武器、伝家の宝刀」と言ったのは最近異動してきた三ヶ日という三十代の営業だが、彼女が顧客と電話で話していることも興味深い。連絡の行き違いを「最近水星が逆行してますからねえ」と煙に巻き、最近は「所長から怒られが発生しました」と言っていた。若い人がよく使う言い回しらしいけれど、「怒られの発生」は役所でよく見る「賑わいの創出」と構造が同じだ。

「あんた趣味ってないの?」

夕食の片付けを済ませて、録りだめておいたKKCテレビの『昼飯ワンダフル』でも見ながらゴロゴロしようと思っていたわたくしに、母が言った。一日の終わりに痛いところを突かないでほしい。

「まあ本読むとか散歩とか、あと道の駅とか？」

「そんなんじゃなくて」と母は言った。「ちゃんとした趣味、始めた方がいいよ。そこで友達だってできるかもしれないしさ。未来の旦那さんが見つかるとかでなくても、趣味の合う友達はいた方がいいんだよ」

母は若いころ、ハイキングを趣味としていた。英会話も習った。ボランティアもずいぶんやった。今でも刺繡と書道は続けていて、自己流ながら絵手紙も書く。今日だだからと言って平日の夜、サラリーマンの娘に趣味を勧めるのはやめてほしい。今日だってくたくたになって帰ってきたのだ。休みの日だって体力を回復させるだけで精一杯なのだ。趣味なんて体力とお金と時間と心に余裕のある人のやることだろう。

「でもさ、あんた今五十五歳でしょ。今から始めたって三十年はできるんだよ。三十年続けたらどんなんだって大したもんだよ」

わたくしは黙っていた。

初めてのこと。上達しないこと。ただ続けるだけで何のかたちにもならないこと。そんなことに意味はあるのか。そもそもどうしたら、わたくしに何かを始めるためのエンジンがかかるのか。

なんだかわからん木になんだかわからん花が咲いた。かわいらしいとも思えない白い花がちらほらと咲いて、母に言ったけれど、あらそうと言って見に行きもしなかった。数日経つと花びらは薄茶色に変色し、いつの間にか落ちて消えた。

この木はまるで自分みたいだ。そう思うと小さな悲しみの発生があった。

人生のなかでおばさん、おばあさんである時間は長い。

仮に十二歳までを子供とし、二十歳までを若者とし、三十五歳までを青年としてみよう。三十五歳から六十歳までをおばさんとすれば二十五年間。そこから八十五歳まで生きるとすれば再び二十五年間。どう思います？　愕然《がくぜん》としませんかこの数値に。

おばさんはつらい。体力が一日もたない。疲れ果てて早寝すれば日付が変わったころに目が覚める。そして再び眠れるかどうかわからない。眠れたとして、小一時間も経てば汗をびっしょりかいて目を覚ます。夜だけでなく、昼間だって唐突な火照《ほて》りはやってくる。そのくせ、お腹も足も冷え切って氷水の入ったバケツのように重たいのである。夏の暑い日に汗をかきながらドラッグストアでカイロを探すばかばかしさと言ったら。昼間はひたすらだるい。それにトイレが近い。行きたくなってから限界を迎えるまでの時間が足りない。中腰、すり足、小走りという世にもみっともない姿で人々の視界を横切ってトイレを目指すのである。恥の感情なんか持ち合わせていたら腹を切りたくなるだろう。これが一日に何度も起きることであり、更年期が過ぎるまで続くのである。

世のおばちゃん方がなぜ飴を持ち歩き、人にくれたがるのか、やっとわかった。唾液の分泌が不安定でふとした弾みに口のなかがカラカラになっていることに気づくのだ。だから飴を持ち歩く。人にあげるということは自分でも舐めていいということだ。不調を隠しつつ愛嬌を前面に出して恩を売る。さっと差し出す迷いのなさと社会性の高さ。これこそがおばちゃんである。しかし駿河井からは「飴だって甘いじゃないですか。お菓子は断るくせに」と言われた。

ニッポンの蒸し暑い夏、なぜおばあさんたちが薄物を身に纏うのか、なぜあのおかしなレースのついた腕カバーをはめて運転するのか。それは皮膚が弱くなったからなのだ。日焼け止めを塗っても紫外線を浴びればぴりぴりと赤くひきつれて、カサカサの皮膚が破けそうな気がするからだ。これもまた解ければほのかに悲しい謎であった。

人は変わる。歳をとって花開く味覚だってある。

貧乏くさい、つまらない、味がないと思っていた食べ物が美味しく感じられるようになった。茄子と茗荷の味噌汁なんてありあわせだと思っていたが、今では絶品だと思う。わかめと胡瓜の三杯酢は爽やかで目が醒めるようだし、豆腐の甘味もしみじみと感じられる。バーベキューだったら牛肉よりも肉厚の椎茸の味の深みを推したい。とろろは元気が出るし、鍋物ならすき焼きではなくて鱈ちり。つまらないと思っていた食事ほどありがたいことを知り、「やっとわかるようになったか」と母に笑われた。

窓がどんどん閉じられていく気がする。

ご多分に漏れずわたくしもデジタルに弱い。エクセルは使えてもパワポの資料作成は疲れる。新しいビジネス用語が覚えられない。情報にも疎い。若者言葉もトレンドもわからない。流行ファッションを真似したつもりで外すことが怖い。ブラウスの裾はインなのかアウトなのか。ベルトはするのかしないのか。レギンスは今年も穿いていいものかそもそもあれはスパッツとどう違うのか。

わからないことが鼠算式に増えていくのに、アップデートしろと言われることが恐怖である。それでもなんとか、若い人に迷惑をかけず邪魔をせずなおかつ不自由しない範囲で生きていきたいと思う。それは逃げの態度なのだろうか。

七十代、八十代ともなれば老いというくくりに収斂《しゅうれん》していくのかもしれないが、還暦前後の男性というものは、実に多様である。同窓会に行けば若作りでてかてか光っている人もおじいさんみたいにすっかりしぼんでしまった人もいる。決して中身を見てはいけない玉手箱みたいな人、埃を被った貯金箱みたいな人、ガレージの脇に放置されたソファみたいな人、ひび割れた長靴みたいな人、床の間の壺のような人もいる。

女友達もまた多様である。スピリチュアルや陰謀論の世界に旅立った人もいる。ヴィーガン、環境保護、動物愛護の方面から過激さの渦に身を投じた人もいる。言葉が通じなくなり、たくさんの別れがあった。それはなりたくない自分への拒絶だったのかもしれない。パラダイムシフトを経験した人々はまるで外から窓を開けてもらったようなことを言う。窓の外側には引き手もハンドルも存在しないのに。いずれにせよ、かれらは他者を人間として見ることはなくなってしまった。

それとは別に、にこにこしていても、のほほんとしていても鎧《よろい》がどんどん厚くなる人がいる。信じられないほどパワフルでとてもついていけない人がいる。やはり言葉が通じなくなり、たくさんの別れがあった。

それでも何かあるというのはいいことだ。わたくしには何もない。味もそっけもない。趣味すらない。

もとからスカスカだったわたくしのナワバリはさらに閑散としている。殺伐として乾いている。賑わいのある往来で自分がマジョリティであると信じていた頃は幸せだった。そのなかでサイレントな存在として、なにも言わなくてもわかってもらえると思っていた時期は幸せだった。しかし大変に愚かでもあった。そこは悪ふざけと露悪とハラスメントへの許容に満ちたホモソーシャル大陸であった。二度と戻りたくはない。

そしてこの際だから一つだけ。いい歳して恥ずかしいと言うべきか、否、いい歳だからもはや恥ずかしくないと言うべきか。この機会に一度言葉にしておきたかったことがあるのですがよろしいでしょうか。

恋愛のことです。

あれって一体なんだったんですかね？　わたくしのところには取説も施工説明書もきてなかったんですよ。工具も何もなしに、よその現場をちらっと見た記憶だけでパワーエートスの設置工事をするようなものです。見よう見まねでやってみようとして結局うまくいかなかったし、何もわからなかった。「親しくなる」と「つき合う」の間には何か部品をかまさなければいけなかったんですか。それとも養生さえしておけばそれでよかったんですか。「同衾《どうきん》」は同棲《どうこん》なんですかそれともオプションで別注なんですか。転居を伴う転勤が当たり前の自分は一般的な結婚の基準を満たさない者だとは重々理解しておりますけれど、それにしても「恋愛」と「結婚」の設置基準の違いってどこかに明文化されてるんですか。わたくしはその情報にアクセスできたんでしょうか。

要するに手順がわからなかった。これにつきます。相性が良くて仕事に支障もきたさない、そんな理想的な相手が目の前に自然に現れて、素の自分のままで心の赴くままに行動して変化も自然に訪れる、なんてことは起きなかった。もちろんこんな言種《いいぐさ》はあらゆる意味で他者に失礼だとしか思えない。

おそらくですが。

足元の勾配が違うんです。わたくしが立っている場所のグランドライン《ジー・エル》の水平は取れていないらしい。足元に置いたものは勾配に沿って転がっていく。仕事というくすんだ色の粘土の玉ならばその方向やスピードを調整することができます。しかしキラキラしたビー玉のような恋のタマゴは、いつの間にか見失ってしまうのです。勉強机と壁の間には「消しゴムの墓場」が、洗濯機と壁の間には「靴下の墓場」がございますけれども、そのようなところにわたくしの、恋のビー玉の墓場もあるんでしょうか。

ともあれそういったことはすべて過ぎたこと、済んだことだという気はしている。コントロールできない生々しさも、それをねじ伏せてきた日々も閉経とともに終わったのだと思えば清々しい。閉経こそ赤飯を炊いたり鏡割りをしたり二階の屋根から餅を投げたりして祝うべきものではないだろうか。これからはいつだって温泉旅行に行けますから誘ってくださいねと紅白饅頭を配ってもいいのではないか。人からもらいたくはないけど。まあ、それ以前に更年期症状でだるくて動きたくもないのだけれど。

＊＊＊

実家に戻ってきた四月からわたくしは隣保《りんぽ》班《はん》である灯籠寺中区七班の班長となった。毎月一日と十五日には回覧板を出し、市の広報と各種お知らせを仕分けして全戸にポストインして回る。三ヶ月に一度は班長会議があり、年度末には総会もある。神社の祭りこそ別組織で運営しているが、福祉バザーと体育祭、芋煮会、どんど焼きのとりまとめがあり、各イベント後には反省会と称した飲み会もある。四月と十月にはお釣りを準備して各戸を回り、町内会費を集金して区長に届けなければならない。集会所と地域の清掃に不参加の家からは一戸あたり千円の「出不足金」を徴収する。その千円で茶菓子を戸数分購入し「誰それさんの出不足分」と説明しながら班長が配って回るのである。こんな話、聞くからに面倒で嫌になると思うけれど、やる方はもっと面倒なのですよ。本人に代わって班長が皆さんに挨拶して回るというのは現代社会において他に類を見ないほど嫌味な行為だと思うのだが、そんなことをされてはいたたまれないという気持ちが町内行事への不承不承の参加へとつながるのだろうか。それはそれでよくできた仕組みなのかもしれない。そういえば各種会議での意思決定は多数決ではなく、話し合いによって全員が納得するまで行われる。とにかく繁雑で、時間もかかる。つまり一人では重荷なのですよ。

町内会の仕組みは親世帯と息子夫婦（勤め人である夫と専業主婦）と子供たち、という家族の形をモデルとして設計されているので実情に合わないことも多い。やっぱりこの社会は結婚していた方が人からわかりやすく、生きやすいのかなあとも思う。最近は聞かれることもないけれど好みのタイプは「まったく。しょうがねえなあ」と言いながら笑顔で力仕事や高所作業を手伝ってくれる人だとずっと思っていた。しかしあるとき、それは一人の男性ではなく単なる男手であることに気がついてしまった。直近の引っ越しでも、誰か手伝ってくれれば楽だと思ったけれども、手伝い終わったら本人も片付いてくれるランプの魔神のような男はいないのであって、手伝うという発想すら持たない男手なら血を分けた兄弟が三人もいる。

新年度が明けてすぐ、地域清掃とは別に灯籠寺中区に所属する各班の班長だけを集めた草刈りが行われた。最初の班長会議に先立つ顔合わせのような意味もあるらしかった。灯籠寺の裏参道から吟川にかけての遊歩道の手入れをするのである。朝六時集合はきついけれど、観光客が到着する前でもあり、たとえその日に仕事や用事が入っていても参加ができるであろう時間帯設定となっている。つまり不参加の理由としてプライベートな予定を曝《さら》け出す必要がない。

わたくしは小型の三角ホーを持ってぶらぶらと集合場所まで歩いて行った。各班の班長も、鋤簾《じょれん》やねじり鎌、移植ゴテなどを手にして集まってきた。ふつうに家にある草刈り道具にこれほどのバリエーションがあるという事実に感心する。道具を手にした人々が無言で歩いていればなんだか町民一揆のようでもあって、にゃあとした顔の山猫が「とびどぐもたないでくなさい」と言いながら心のなかに降臨する。

こういうときには間違っても管理職オーラなどを出してはいけない。全体の進捗状況や各人の働きをチェックしようとしてはいけない。手元の作業に集中して皆のなかに埋没することが肝要である。そしてそれは、誰でも取って代わることのできる仕事ではあったが、手を動かしてみれば結構楽しいものなのだ。わたくしは名もなき一市民として参加しているが、今この瞬間はなんだかわからん人ではないと思った。

　前の人が刈り残した草を抜き、三角ホーの尖ったところを使ってしつこく張った根を取り除く。そのとき前の人に対して「雑な作業しやがって」とは思わない。自然に手が動いて無理のない範囲で進んでいくだけだ。もしこれが台所の作業だったらこうはいかないだろう。人様が洗った皿をもう一度洗い直したり、人様が作った料理に塩や胡椒を足したりすることは非常にいやらしい行為である。でも、草むしりならなんとも思わない。公共というものはそういうものなのかもしれない。キリがないけれど完璧も目指さない。無理なく持続していくということがすなわち——

「結構集中しちゃうんですよね。こういうのって」

　膝をついて目を上げると、ねじり鎌を持った若者がにこにこしていた。何班の人だろう。見たことのない顔だ。

「ほんと。来るまでは面倒くさいのに、始めると止まらない」

　首に巻いたガーゼマフラーで汗を拭う。

「それ、ぼくのなんです」

「えっ？」

なんのことだろう。私物を取り違えてしまったのかと思ってきょろきょろしていると、

「いえ。その首に巻いている」と言った。

「ああ、これね！」

「草木染をしている辻《つじ》と言います。ぼくは染めただけで織ったのは柚子中《ゆずなか》さんっていう別の職人ですけど」

薄紫色のガーゼマフラーは、鮮やかすぎないが地味でもなく、軽やかな風合いが気に入って買ったのだ。最近わけもなく首筋がスースーするのでちょうどいいと思って愛用している。

「『のんこり市』で見つけて、すてきな色だなと思って買いました。でも作った方に会うんだったら、作業のときにつけてくるんじゃなかったなあ。申し遅れましたがわたくし十和島と申します、すぐそこの、七班の」

辻くんは今度は声をあげて笑った。それから、

「じゃんじゃん使ってくれた方が嬉しいです。この紫はシガサレって草なんですけど、あまり染色で使う人がいないんですぐぼくのだってわかりました」

と言って再び鎌を振り始めた。

作業がかなり進んだころ、今年のまとめ役である二班の班長がわたくしのところにやっ

て来て、

「これってどうやって終わったらいいんですかね？」

と言った。まとめ役だということは、両手にゴミ袋を持っているのですぐにわかるようになっている。

「まあ、なんとなく、流れで」

竹箒を持った六班の奥さんが言った。

「流れ、ですか？　そもそもですがどこまでが作業範囲かもわからないし。なにぶん僕も初めてなものですから」

「一緒に行きましょう」

わたくしはそう言って歩き出した。

「時間で区切っていいんですか？　それともキリのいいところまでやった方が……」

二班の班長はごちゃごちゃ言いながらついて来た。作業の先頭を追い越してわたくしはさっさと歩いて行った。そして橋の袂《たもと》で回れ右をした。

「ここで折り返しましょう。確認が済みましたっていうテイで戻りましょう」

「でも、この辺まだ草刈りしてないですよ。いいのかな……」

二班の班長は首を捻っている。

「いいんですできる範囲で。一時間作業したら十分なのです。仕事の質も量も関係ありません。では戻りましょうか」

「はいっ」

うっかり平日の態度が出てしまったせいで二班の班長がシャキッとしてしまった。来たときよりもゆったりとしたペースで歩き、一人一人に「お疲れ様でしたー」と声をかけながら戻っていく。声をかけられた人々は手を止めて「どうもー」とか「うつかれっしたー」などと言いながら立ち上がり、我々とともに戻る列に加わっていく。参加者を回収していくような形で集合場所だった灯籠寺の裏まで来た。二班の班長が車から人数分のお茶のペットボトルを出してきて配り始めた。これが解散の合図である。名もない一人として参加しただけなのに、数人からなぜか笑顔で「ご苦労様」と言われた。

「十和島さん」

帰ろうとすると辻くんが歩調を合わせてきた。

「この感じだときっと来年か再来年には区長さんですね」

「やめてよ。そういうのやなんだから」

と言いながらも、なんとなく気持ちがほぐれて、

「ひょっとして辻くんって、木にもお詳しい？」

と聞いた。なんだか母みたいな口調になってしまった。

「まあ人並みですけど。なにか？」

なんだかわからん木の話をした。さすがにこれ以上成長すると車が停めにくくなるので切ってしまわないといけないのだが、名前もわからないまま伐採してしまうのが忍びない。それに我が家では男手がてんで頼りにならず、チェーンソーなどの道具もないのだと言った。

「来週でよかったら道具持ってうかがいますよ。どんな木か見てみたいし」

辻くんは言った。

「ごめんなさい、初めてお目にかかったのにお願いしたみたいになっちゃって」

「いえ。祖母がお母様にお世話になってますから！」

なんだ知り合いだったのか。辻さんてどの家だろうと思ったが、こんな古くて狭い街でしがらみがない方がおかしいのだ。詳しいことを聞く前に家に着いてしまったので、母に尋ねた。すると辻家のお祖母様は母と同年代であるが、もとは紫苑市から嫁いだ人であり、母の刺繍のお師匠さんだということがわかった。お祖母様は若いころはお守り袋を作っていたが、今では壮大な曼荼羅《まんだら》に挑戦しているのだという。

「お孫さんはどこか別なところに工房持ってそっちに住んでるって聞いたけど」

「じゃあ、帰って来てたんだね」

「草刈りのためにわざわざ来てくれたんじゃないの？　感心だね」

「実はね」

その感心なお孫さんが、次の土曜日になんだかわからん木を切りに軽トラに乗ってやって来た。辻くんは、木を見るなり、

「これ、リャマの木だと思うんですよね。ここでは珍しいけど、宝来県《たからぎ》の山の方では自生しているんです」

と言った。宝来県は黒蟹県の北に位置していて、県境まででも五十キロはある。

「リャマってあの、動物のリャマかしら？」

普段は「かしら」なんて絶対に言わない人だが、敬愛する師匠のお孫さんが訪ねてきたので母は少しはしゃいでいる。わたくしは、自由人の兄が南米土産に買ってきたリャマの置物が階段の踊り場に放置されていることを思い出した。

「動物のリャマじゃないですね。木の名前がなんでそうなったかは知らないですが、リャマは林業の言葉じゃないかな。木馬《きんま》みたいな」

「キンマ？」

「キンマは材木を運ぶための、人力の橇《そり》みたいな道具です。リャマは方言かもしれないけど似たような感じのやつですね」

「なるほどねえ！」

母はお茶の支度をすると言って家のなかに入って行った。

「切ってしまっていいんですね？」

「お願いします」

辻くんは軽トラからチェーンソーを下ろしてきた。

「マキタの充電式、いいな」

「借り物ですよ」

スイッチを入れると刃が幹に食い込んでいって、なんだかわからん木ことリャマの木はあっけなく倒れた。辻くんは倒れた木の幹にもチェーンソーをかけて分割した。

「切り株に灯油をかけておくといいです。その上から黒いビニール袋で覆っておけば、もう生えてこないです」

そこまでするのは可哀想だと思ったが、わかりましたと言った。辻くんはプラスチックの柄《え》のついた片刃のノコギリで細い枝を挽き始めた。

「こういうのはノコギリの方が楽なんです」

「ノコギリだったら自分でも使えるかな？」

「一本あると便利ですよ。チェーンソーはお勧めしませんが」

辻くんはそう言って立ち上がると、ベルトのところにノコギリを引っ掛けて、

「こうやって腰からぶら下げるだけでも、気分がいいし！」

と胸を張った。育ちのいい山賊みたいだと思う。

「これって乾燥したら薪になるよね」

薪ストーブがあるわけでも、風呂を薪で焚いているわけでもないが、なんとなく聞いた。

「もちろん。一年くらいかかりますけど。燃やすといい匂いがするんですよ。リャマの木って」

「へえ！」

「前にリャマの木を媒染《ばいせん》に使ったことがあるんです」

「媒染って言葉は聞いたことあるけど、どういうものなの？」

「有名なのは椿だけど、木を焼いて灰にしてお湯を入れて灰汁《あく》を作るんです。ふつうは金属でやりますが、木灰《きばい》ってアルカリ性で金属成分も含むから、それで糸に染料が定着するんですね」

「もしかして、この木も使えたりする？」

「もしも、いただけるなら！」

軽トラの荷台に敷いたブルーシートの上に伐採したリャマの木を運んで寝かせた。

「いい匂いというのが気になります」

と図々しく言ったら、薪を乾燥させるのに少し時間はかかるけれど、連絡します、もしお時間があれば筆柿村の工房に来てくださいと辻くんは言った。何人か気さくな仲間を呼んで、ワークショップみたいにみんなでやりましょう。

「あの木、なくなったんだね」

その夜ぶらりと帰ってきた自由人が言った。

「自然に消えたわけじゃないよ。頼んで切ってもらったの」

わたくしが言うと、

「言ってくれれば俺がやったのに」

と答えた。俺がやるのにやったのにという言葉を何万回と聞いてきたが一つとして実績はない。いつもならそこでカチンときているが、ワークショップのことがあるので気にならなかった。母も何も言わずに刺繡の続きをやっていた。

いい匂いがどんな匂いなのかはわからないし、どんな色に染まるのかも聞いていない。けれども、それを確かめに山を越えて筆柿村へと走る自分はわくわくしているのだろうと思った。

わたくしは、なんだかわからん木の切り株に灯油をかけることはしなかった。もしまた生えてきたならノコギリで挽いて一人でこっそり燃やしてみようと思った。

ヌルデ、トウネズミモチ、ヨウシュヤマゴボウ、エゴノキ 実【植物】いずれも実在する植物

シルトテック 架【企業】「エネルギーバランスコーディネートシステム」を製造販売する架空の企業。十和島絵衣子、三ヶ日凡、雉倉豪などが働いている

三角ホー、鋤簾、ねじり鎌、移植ゴテ 実【園芸用品】実在する園芸用品

のんこり市 架【イベント】ホームセンターの駐車場で開催される架空のフリーマーケット、クラフトや古道具なども充実している

シガサレ 架【植物】染料にも使われる架空の草

リャマの木 架【植物】架空の木

木馬（キンマ） 実【林業】材木を運ぶための人力の橇、リャマという道具は存在しない

キビタキ街道

霜町は棚元《たなもと》県の西の端にあり、江戸時代は宿場として栄えた。昭和のオイルショック以降は商店街もすっかり寂しくなってしまったが、霜町の人々は何か用事があれば隣接する黒蟹県窯熊市まで出かけることにあまり不便を感じていないらしい。九〇年代に完成したバイパス海岸道路に対して旧道はキビタキ街道と呼ばれている。どちらを通っても窯熊市の中心部まで車で三十分程度である。

キビタキ街道の県境に架かる窯霜《かましも》大橋が見えてくると、棚元県の人も黒蟹県の人もなんとも言えない居心地の悪さを感じた。世にも醜い橋だと言う人がいた。かつてのレトロモダンなコンクリート橋《きょう》の方が立派だったと思う者も、バイパス海岸道路の黒棚《くろたな》ブリッジと比べて姿がよくないと思う者もいた。

橋そのものが醜いわけではない。窯霜大橋は力強くドラマチックなシルエットを持つバスケットハンドル型ニールセンローゼ橋だった。その名の通り籠の取手のようにアーチ部分が内側に傾いていて、斜めに交差するワイヤーも印象的である。人々が世にも醜い橋だと感じるのはそこまで走ってきた旧道の狭さや荒れた路面、崩れかかった茶屋やよろず屋、深い谷間と切り立った断崖、そういった景色に対し窯霜大橋が唐突で威圧的でちぐはぐに見えるからだった。景観への配慮から選ばれたダークブラウンの塗装も、赤黒く錆びた鉄塊のように見えて重苦しい。人々は、日が暮れてからはここを走りたくない、さっさと用事を済ませて早く帰りたいものだと思った。もとより、このあたりには古くからよくない謂《いわ》れが数多くあった。落武者が彷徨っているとか、谷底から呼ぶ声が聞こえるとか、橋の上から突き落とされた子供が親を探しているといったものである。

棚元県から黒蟹県に入るとキビタキ峠にさしかかる。途中には小さな円形の沼があった。紋沼《もんぬま》と呼ばれる周囲一キロほどの小さな沼で、鳥類や魚類、水生昆虫にとっては楽園のようなところだった。しかし人々は紋沼を薄気味悪いと言って憚《はばか》らなかった。河童や髪の長い女に引き摺《ず》り込まれるのだという話も、対岸に巨大な火の輪が現れるという噂もあった。

いったい何をもって人々は橋を醜いと思ったり沼を薄気味悪いと言ったりするのであろう、と神は思った。神には怪談も都市伝説もわからない。神は幽霊や妖怪を信じない。なぜ誰も見たことがなく、証拠もない噂話を語り継ぐのだろうか。不快で恐ろしい出来事が自分にも起きるかもしれないと予想しながら、なぜ笑うことができるのか。人の不幸を弄《もてあそ》ぶのは神だけで十分ではないか。

＊＊＊

顔にかかるなにか、首筋にかかるなにかを払いのけているうちに目が覚めた。暗い窓からしきりに雨が降り込んで、雉倉豪《きじくらごう》の右半身が濡れていた。起き上がって窓を閉めると雨音だけは和らいだ。枕とタオルケットもしっとりと重い。引き剝《は》がすようにTシャツとジャージを脱いで、洗濯物の山のなかから代わりを探す。この状況にどうやって対処したものかと思いながらしばらく布団の上に座っていたが、何も浮かばなかった。夜明けはまだ遠い。敷布団の濡れていない側に注意深く身を横たえると、苦味と酸味の混じったにおいが鼻腔にへばりついてきた。男の生涯が洞窟であるとするならば、そのどん詰まりで気づくようなにおいだった。

昨日はヨシユキと二人でカズマの墓参りに行ったのだった。それから霜町商店街に戻ってきて去年と同じ店で酒を飲んだ。中学校時代の仲間のカズマは五年前に癌で命を落とし、コーキは行方不明である。だからヨシユキと雑倉は最後に残った二人という気がしていた。

小学生のときは水槽の隅でひっそりと暮らす目立たない魚のような雑倉とコーキだったが、中学に入ると駅の反対側の小学校から来たカズマとヨシユキと意気投合した。四人になれば友達が仲間になる。気分が大きくなった。笑いが増え、行動も積極的になった。それぞれが部活に打ち込んだり、恋した相手と二人きりで過ごす時期になると縁は少しばかり疎《まばら》になったが、仲間であることに変わりはなかった。大人になってからも盆と正月には三人で集まって「コーキはいつか帰ってくるのかな」と話していたのだった。

ところで、コーキの苗字を雑倉は思い出せない。小学校のときは竹下だったか竹中だったかそんな苗字だったが、両親が離婚して母方の苗字に変わった。その新しい苗字をど忘れしてしまっているのである。本人以前に苗字が行方不明である。うまい具合にヨシユキとの会話から出てこないかと待っているが、こちらから聞くわけにはいかない。

「しかしもう五年か」

冷酒を飲みながら雉倉は言った。カズマが急逝したとき、かれは隣県の紫苑市に住んで働いていた。働き続けることに何の疑問も持ったことがなく、それが当たり前だと思っていた。両親も元気だった。両親の介護のために早期退職して実家に戻るなんて思いもよらなかった。

「まあしかし。あれから大変な時代になったもんだなあ」

ヨシユキが言った。

「カズマは知らずに逝ったわけだからな」

「豪んちも、少し落ち着いたか」

「うん。二人とも施設に入ってとりあえず今のところはね」

退職してからの二年間はあっという間だった。去年のお盆は介護が一番きつかったときだった。外に出て人と会うのも久しぶりだったし、ヨシユキと飲んでいても家に戻ったらまた騒ぎが起きているのではないか、布団や床が汚されているのではないかと思うと落ち着かなかった。母親の認知症が進んでから施設に入るまで、本当にいろいろなことがあった。耳が遠くなり、判断力も衰えた父親との意思の疎通の問題もあった。日々の家事と生活があり、両親が通う歯科、眼科、内科、皮膚科への付き添いがあり、もちろん一番つらい下の世話もあった。苛立ちと否定があり、罪悪感と孤独があり、迷いと意思決定の繰り返しだった。ケアマネージャーの協力を得てようやく二人が施設に入居したのが昨年の九月末である。早期退職で割増された退職金も役に立ったが、今でも雑倉のなかでは怒濤の日々が整理されていない。心のなかの、陰になったところに在庫のように積んである。ついこの間、という気がしていたがあれからもう一年近くたっているわけである。

「仕事は？　何かみつかりそう？」

ヨシユキが言った。

「まだ。今は家のなかとか店の在庫を片付けてるだけで。もう少ししたらアルバイトしようかとは思ってるんだけど」

社会から撤退したつもりでいるのに、一向に暇にはならないのだった。

実家は霜町商店街にあるおもちゃ屋だった。閉店したのは十年以上前だが、大量の在庫が残っていた。大半はバッタ屋と呼ばれる買取業者に頼んで持って行ってもらった。いい値段になりそうなプラモデルやプレミアがつきそうな野球盤やボードゲームはネットオークションに出品した。積み木やけん玉やヨーヨーなどは、ピーナッツホームマートで定期的に開催される「のんこり市」に持って行って手売りもしている。そんなあれこれもなかなか面白いのだが、ヨシユキに言っても理解されないだろう。

「早期退職して、どうだった？」

「結果的に損はしてないと思う。おれは偉くなれなかったから、こんなもんだと思って」

ヨシユキは旅行会社で生き残り、役職にもついた。あと十五年、あるいはそれ以上働き続けるつもりである。結婚して子供が三人もいる。中学に入ったとき、駅向こうに住んでいるヨシユキとカズマを眩しく感じたが、ヨシユキはそのまま陽の当たる道を歩き続けているようだと雉倉は思った。

「もうすぐ孫が産まれるんだ」

ヨシユキが言った。

「孫って誰の」

「俺の孫だよ。上の娘んとこ」

娘はまだ高校生くらいかと思っていた。他人の子供は成長が早い。もう結婚する歳になっていたなんて。

「びっくりだなあ。おれ、ちょっと外でタバコ吸ってくるわ」

雉倉が立ち上がると、

「あ、また始めたんだ」

とヨシユキは笑った。

カズマが亡くなる前に雉倉はタバコをやめたのだった。六、七年間続いた禁煙は苦痛ではなかった。きっかけはつきあっていた女性に強く言われたからだったが、喫煙所を探したりタバコがなくなると焦る心配がなくなってよかったと思っていた。

習慣はなくなっても空白は残っていた。そこに「つまらない」という言葉があくびのように執拗に浮かぶのだった。両親を施設に送り出してから、つまらなさに耐えかねて雉倉は喫煙の習慣を取り戻した。以前と違って外出先で吸いたくて困ることはなかった。運転しながら吸いたいとも思わなかった。条件付けが変わったのだ。家に帰ってビールを飲むように、一人で落ち着いてすればいいことだった。つまりは屁を放ったり鼻をほじったり下半身を弄《いじ》ったりすることと同じで、人前ですることではないが、人から責められる筋合いのものでもない。そういう位置付けになった。

雉倉は店の外に出て備え付けの灰皿の前に立った。

「ヨシユキがおじいさんになるんだってよ」

人のいいカズマと陽気なコーキと三人揃って腹を抱えて笑いたいと思った。まじめなヨシユキと二人きりでは笑いが足りない。やっぱり仲間は四人いなければ。

いつかコーキがこの町に戻ってきて、再会する日はほんとうに来るのだろうか。


ようやく、外が明るくなってきた。

まずは雨に濡れた布団を干す。タオルケットと枕カバーとシーツを洗う。それからまた、家のことが始まる。

家のなかはどこもうっすらと汚れていた。電球は切れていたし、換気扇はギトギトしていた。玄関や廊下の隅には埃がたまり、水回りには黴《かび》やこびりつきがあった。洗濯バサミをはじめとするプラスチック類は劣化して使い物にならない。そういったものを毎日少しずつきれいにしていく日々だった。毎日続けるためには、少しずつやるしかなかった。

ひどく汚れていたり、壊れて使い物にならなければ思い切って捨てたり買い替えることもできるだろう。薄汚れているという状態は、先延ばしができなくもない。それゆえに一番厄介でもある。

まるでおれのことみたいだ、と雉倉は思う。

そうだ、午後から散髪に行かなければ。

雉倉は窯熊市内の美容院で散髪することにしていた。子供の頃から通った霜町商店街の床屋の爺さんに、なぜ早期退職を選んだのか、なぜ両親を施設に入れたのか、なぜ独り身なのか、これからどうするのかなどと訊《き》かれるのは苦痛だったからだ。窯熊は適度に栄えていて、気分転換にもよかった。

霜町から窯熊に出かけるとき、雉倉は便利なバイパスではなく旧道のキビタキ峠を越えていく。信号の数が少ないからである。所要時間は大して変わらない。それでも信号で停まるのは損だと考える。雉倉豪はケチであった。退職してゴルフをやめ、道具とともに自家用車のフォルクスワーゲン・ゴルフも手放した。現在は二十八万円で購入した中古のハイゼットに乗っている。商用バンなので自動車税が安い。毎年車検があるがそれを含めても絶対に得だと雉倉は思っている。

ケチにもいろいろある。薄汚れたケチにはなりたくない。すっきりした、小ざっぱりしたケチでありたい。始末のいい人と言われたい。

雉倉のケチは歴代の恋人に指摘されたことであるから、間違いないのだろうと本人も認めている。雉倉さんの感じの良さは穴だらけ、だから繕《つくろ》いきれない傲慢さが垣間見えるのだと言われたことがある。プライドが高くて傷つきやすいと非難されたこともある。プライドが高いのは事実で、直しようもない、それを守るためのケチなのだ。ケチを見せたくないのがケチの本性である。

言動には責任が伴う。責任が持てるかどうか、それが自分の行動の基準でもある。いざとなって逃げ出したりはしたくない。あらゆる可能性を丁寧に検討し、細部まで照らし合わせて考えた上で最良の結論を導き出したいとかれは思う。

一方で恋人からはいざというときに大盤振る舞いができない、と言って嫌われる。しかし誕生日や旅行が「いざというとき」なのかどうか、雉倉は判断に困るのである。思い切ったことをしてそれが場違いだとしたら、そこで浮いてしまったら、もしもそれが「いざというとき」でなかったら恥をかいてしまう。そのときの自分のみっともない姿を想像しただけで耐えられない。細やかな気遣いはできても思い切って空振りをすることは恐ろしくてできない。それを他人はケチというのだった。

＊＊＊

神は人々の中に潜《ひそ》み、さまざまに姿を変えることを好む。

窯熊市内の美容室「スチュアート」で、神は女性客となってパーマをかけてもらっていた。「いっそのこと大仏みたいにしてちょうだいよ」と頼んでみたのだが「おしゃれパーマにしましょうね」と美容師に軽く流された。神は薬剤が浸透するのを待つ間、隣の客の話を聞いていたのである。

「巡査の格好した看板とか人形みたいのがあるじゃないですか。てっきりそういうんだと思って通り過ぎたら、なんにもない道端に本物の巡査が一人で立っているらしいんですよ。不遇だったお巡りさんが冤罪事件を苦にしてあの橋から身を投げたっていうんですよね」

雉倉は上機嫌で美容師の話を聞いていた。少し霊感があるという美容師は、話に夢中になって鋏を頭上で振り回したり、ドライヤーを背中に当て続けたりしたが、雉倉はそれすら面白いと思っていた。

「キビタキ街道は無人のパトカーが出るとか、そういう話が多いよね。あとは落武者とかさ」

「落武者に道を聞かれるんでしたっけ？　むしろ会ってみたいですよねえ」

二人は笑っているが、いったい何がおかしいのか神にはわからない。

夜道で理解できない現象があったとして、なぜそれをありもしない事件に仕立て上げるのか。人間には見えないもの、聞こえない音、感じられない物事が数多くある。なぜそれを素直に畏《おそ》れないのか。敬《うやま》わないのか。

バイクでころげた年配者ならいる。橋から飛び降りて骨折した若者もいた。だがあの界隈に不遇なお巡りさんなど存在したことがない。そう言いたかったが、頭に無数のロッドを巻いたままで隣の話に割って入るのもおかしいだろう。神は、いつかこの男を脅かしてやろうと思った。

窯熊市のはずれにあるピーナッツホームマートは個人経営のホームセンターである。かつては建築資材や金物を扱うプロ向けの店だったが、バブル崩壊後は生活用品なども取り揃えて小売もするようになった。裏山へと続く敷地は広く、草を刈ってある範囲までが駐車場として使われている。店舗は昔の体育館のような建築だったが、高窓のおかげで店内は明るく、マンボかサルサかそれともチャランガなのか、妙に軽やかでダンサブルな音楽が流れていた。独特の雰囲気のある店だったが品揃えは良く、チェーン店では見つからないものも手に入るので客足は安定していた。

雉倉豪がここを最初に訪れたのは昨年の秋だった。そのときかれは、作業服を着た老人が、

「グリルの石、探してんだけど」

とレジの女性に話しかけるのを見た。

「グリルの石？」

「魚焼きのグリルによ、水の代わりに入れる石だ」

すると、レジの女性は一拍置いてから、

「前はあった！」

と明るい声で答えた。

以前はあったんですが、ではない。少々お待ちくださいでも、確認しますでもない。「前はあった」というのは、何の飾りもない厳然たる事実である。不必要なへりくだりも愛想笑いもないが、客の方とて丁寧語をつかっているわけではない。対等なのだ。

女性は「レジ休止中」と赤字で書かれたプレートを立てると、売り場へと向かった。ご案内しますではない。どうぞこちらへでもない。まるで「ついてこい」と言っているような背中である。老人は慌ててそのあとを追った。そして商品が見っかって二人ともほっとしたような表情で戻ってきた。

雉倉は爽快だと思った。

おれも長いこと営業の仕事をしてきたが、無駄な言葉、無駄な気遣いばかりしてきたような気がする。こんなに率直でよかったのか、とかれは思った。

それから少し経ってまたピーナッツホームマートに行ったとき、雉倉は駐車場の一角にある喫煙所で件《くだん》のレジの女性に会った。胸につけたプレートで親坂《おやさか》という名前だとわかった。遠慮も会釈もない。堂々とタバコを吸っていた。狭い空間だったが雉倉も気詰まりとは感じなかった。吸い殻を始末して立ち去ろうとすると、親坂さんが突然、

「銀杏拾っていきなよ」

と言った。ホームセンターの建物の脇にイチョウの木があって、鮮やかな黄色い葉っぱとともに実もたくさん落ちているようだった。

「銀杏はちょっと……ごめんなさい」

銀杏は好きだしおいしいと思うが、一人で何十個も食べるものではないし、家で食べるごはんのおかずにもならない。じゅくじゅくした臭い果肉を処理することを想像しただけで自分には無理だと思う。

「車が臭くなるもんね」

「銀杏を最初に食べた人は偉いですよね」

「こんにゃくを作った人もナマコを初めて食べた人もそんなふうに言われてるよ。まあでも、手間もかかるししょうがないね」

「どうも、修行がまだ足りなくて」

そう言って今度こそ立ち去ろうとすると、

「じゃあ水でも汲んでいきな」

と言った。

「水って」

「駐車場の奥の塩ビ管から出てる」

裏山に近い擁壁《ようへき》から出ている塩ビ管の存在は雉倉も知っていた。雨水か、それとも何かの排水かと思っていた。

「あれ飲める水なんですか?」

「『窯錦《かまにしき》』の仕込み水と水源は一緒だから、あれはいい水だよ」

窯泉《かまいずみ》酒造はピーナッツのすぐ裏にある酒蔵である。窯綿は生産量こそ少ないが、名水仕込みの酒として知る人ぞ知る銘酒である。

「いいんですか、汲んでいって」

「どうせじゃんじゃん垂れ流してるだけだから」

垂れ流す、という表現は湧水に対して不適当だと思ったが、そういうこだわりのない物言いが親坂さんの特徴なのかもしれなかった。もちろん雉倉は親坂さんの正体が神だとは知る由《よし》もない。

「タンクは、店で売ってる」

親坂さんは言った。

「たしかに。今から買ってきますわ」

雉倉はおほっと笑った。喫煙所商法とでも呼ぶべきか、うまいことをする。

「水にしても、銀杏にしても、自然ってものはずいぶん気前がいいですよね」

「自然は、パフォーマンスしないから」

親坂さんは小さなあくびをして、言った。

「ああなるほど」

自然は、他人からどう見られるかを気にしない。自分のふるまいに気後れしたりすることがない。自分に似つかわしくないとかカッコ悪いと思うことがない。あんたが思うほど人は見てないよと言われても、人から見られて恥ずかしいと思う感覚が雉倉のブレーキである。賢くふるまいたいというケチの根源でもある。


それ以来親坂さんと会えば話すようになった。彼女のおかげで、ピーナッツホームマートの広大な駐車場で定期的に行われる「のんこり市」に在庫のおもちゃを持っていくようにもなった。

親坂さんには同年代の女性の仲間がいた。メンバーは流動的だったが、窯熊市と湯波町、霜町の人々だった。おばさんたちは三、四人で連れ立って展覧会や博物館、新しく開店したパン屋やカレー屋などを回遊し、カフェで感想を共有するのだった。雉倉にも「一緒にどう？」と声がかかるようになった。

雉倉豪はケチである。

余計なコストを他人に対してかけたくない。無駄な気遣いで疲弊したくもない。その点おばさんたちとの交流はコスパの悪いものではなかった。

おばさんたちと遊びに行くのは、ノンアルコールビールを飲むことにも似ていた。シュワシュワと軽くて楽しいが酔っぱらったりはしない。深い話に踏み込んで足をとられたり、記憶をなくす心配もない、つまりリスクがない。キモいと思ったり思われたりしても、若い男女から言われるのとは違ってそこには「お互いにね」というほろ苦い共感があった。だから傷ついたりひきずったりすることもなく笑い飛ばせた。

集団にほかの男性メンバーが加わることもあった。雉倉と同じように自己主張の少ない、おとなしい者ばかりだった。男だけで意気投合したり、出かけたりすることはなかった。男同士の会話というものは社会のようなものを背負っていなければタイトルがついてない本のようにおぼつかない。空中でふわふわと散逸してしまうものである。だが、男が社会を交えて語るのは葦《よし》の髄から天井を覗くようなものであって、その社会は全体の縮図でもなんでもない。そもそも男がどう女がどうと言うことでもないのだが、何十年も生きてきた結果として、そういう癖がついている。

雉倉豪は社会を失った男であり、社会から失われた存在でもあった。だからこそおばさんたちの集団のなかにいられるのだった。

生活を重視するおばさんたちとケチとは相性がいい。それでいて雉倉には不足している思い切りの良さもある。

おばさんたちと交流するようになって、霜町商店街の元おもちゃ屋の店先にはめまぐるしく野菜が届くようになった。両親がいたときも近隣からのいただきものはあったが、農村地帯出身のおばさんたちからの届け物は単位が違うのではないかと思うほどの量があり、また質もよかった。春には小爪《こつめ》菜や絹布《けんぷ》菜などの葉物が届き、それからキリネなど珍しい山菜が続く。届いたらただちに茹で始めなければならない筍も三本、五本という単位で店先に置いてある。おばさんたちは黙って家の前に届けることを「笠地蔵する」と言っていた。夏になれば食べきれないほどの木挽瓜や茄子が笠地蔵され、夏の終わりには一升瓶かと思うほど巨大な冬瓜《とうがん》が笠地蔵された。

雉倉は漬物や煮物、保存食の作り方をネットで調べ、またおばさんたちからの助言を得て覚えていった。出来上がったそれを施設に持っていくこともあった。両親の反応は思ったほどではなかったが、食べ物を少しも無駄にしないというケチの心は満たされた。

巨大な冬瓜には解体という言葉がふさわしい。両端を落とし、二つ、あるいは四つに割ってから厚く皮を剝く。皮はきんぴらや漬物にするのである。ワタをとって切り分けて湯がく。大きめに切ったものは煮物に、小さく切ったものはカレーや味噌汁の実になる。その日に使わない分は冷凍する。ここまでが解体の工程である。

冬瓜を料理するたびに雉倉が思い出すのは、最後につき合った鈴木かね子という名の女性のことだった。色白の面長で、控えめながら声も印象も涼しげなひとだった。柔らかく包み込むような優しさがあって、奇を衒《てら》ったり我を張ることはない。さっと煮れば出汁に馴染んでとろりと光沢がある、まさしく冬瓜のような女性であった。わたしは夏の生まれだけれど冬至までだって待てる、そんな器の大きさもあった。もちろん限度というものはあって、雉倉が仕事にかまけて連絡を欠いていれば、真夏の台所の隅でひそかに爆発していたりもする。すべすべして思わず触れたくなるような美肌の持ち主だったが、よく見れば細かい棘がびっしりと生えていて、手荒に扱おうものなら硬い棘が刺さっていつまでもひりひりと痛いのだった。

鈴木かね子は年上のお姉さんのように見えるときも、無邪気な子供のように思えることもあった。すてきな人ではあったがそのときどきで感じが違っていて、つまり自分は彼女のことを深く知らなかったのだ。自分のことだって言語化できないのに、他人のことがわかるわけがないだろう。一緒に暮らしたわけでもないし、人生の危機をともに闘ったわけでもない。何事も起こらない前提の上で楽しく快適な暮らしを想像し、いずれは結婚するのも悪くないと思っていた。認識はすべて自分の想像の内側にある都合の良さだった。つまり妄想しかしていなかったのだ。

＊＊＊

散髪と窯熊市内での買い物を終え、ひいきのラーメン店で味玉サービスのクーポンを使って食事をしてから家路についた。キビタキ街道で県境を越えて霜町に帰るのである。窯霜大橋の袂に車を停めて雉倉豪はいつものようにタバコを吸った。

神はそこに巡査となって現れた。

雉倉豪は訝《いぶか》しげに目を細めた。そしてゆっくりとした口調で、

「そういうの、よしなさいよ」

と言った。神が言葉に詰まると、

「親坂さん、ふざけてコスプレしてるんだろうけどさ。なかには驚いて事故る人だっているでしょ」

と言った。至極尤《しごくもっと》もである。

神は驚いた。神だとはバレていないが親坂であることは見抜かれてしまったのである。

「だって今日、美容院で横にいてパーマかけてたじゃない。おれ挨拶したのに知らん顔し

てさ」

神はどう答えていいかわからず、咄嗟に、

「この橋、やっぱり醜いと思うかね」

と聞いた。

「醜いっていうより、こんな景色のなかに急に出てくるから。突然金の話が出てきたみたいでいやな気分になるんだな」

「金の話って?」

「この橋だけ補助金が使われていて、周辺住民には落ちてこないってことかとおれは思う」

なるほど、自分にはわからないわけだ。神は納得した。

＊＊＊

お盆を過ぎても、連日うだるような暑さだった。気温が三十五度を超える日中は蝉《せみ》すら鳴かない。毎年こんな猛暑が続いたら、頭上から降ってくるようなクマゼミの声や、じりじりと肌を焼くようなアブラゼミの声だって涼しく感じるようになるのかもしれないと雉倉は思う。

夏のおじさんはつらい。料理をしても掃除をしても食べても飲んでも何もしなくても汗まみれになる。水風呂にあごまで浸かりながら、今すぐに広々としたプールで思い切り手足を伸ばしたらどんなに気持ちいいだろう、と想像した。

雉倉が憧れるのは流れるプールだった。

泳ぎたくはない。二時間でも三時間でも、なんなら昼前から夕方まで漂っていたい。だが、世間の目はおじさんが流れるプールで浮具に身を任せて滔々《とうとう》と流れることを許してくれそうになかった。人目を意識しないわけにもいかない。雉倉は平日の昼間に散歩するとき、こども園や小学校のそばを通らないように気をつけているほどなのだ。おじさんに許されるのはジムで鍛えること、競泳プールでストイックに泳ぐこと、サウナで汗を流すことくらいしかないのだろうか。公営の施設を本来の目的のために利用するだけなのに、なぜ怪しいと思われてしまうのだろう。レジャープールには子供も孫も連れずに行くことができない。だからと言っておばさんたちと水のなかではしゃぎたいとも思わない。どうして県営プールはシニアデーとかお一人様デーをやってくれないのか。

ホテルのナイトプールなら男一人でくつろげる可能性もある。だが雉倉の知る限り、湯波温泉や鷹狩町のホテルに流れるプールはない。それ以前にケチな雉倉がリゾートホテルに行くはずもないのだった。

それでも流れたい。

いっそ生まれ変わって、流しそうめんになってもいいくらいだ。箸の間をすり抜けて逃げるとき、そうめんはきっと小学生のガキみたいに「ウヒョー!」と叫んでいるはずだ。

水風呂から上がって扇風機の風を浴び、そんな愚にもつかないことを思いながら腋《わき》の下を拭いていた。そのとき、

「その夢をかなえてやろう」

という声がした。

気のせいだろう、と思った次の瞬間、豪は見覚えのある旧道沿いの空き地に立っていた。大きな柳の木があって、金属の板でできたベンチと自販機が置かれている。懐かしい場所だった。ここでよくコーキと待ち合わせをしてたんだ。

自販機にドクターペッパーがあるのは珍しい。もちろん迷わず買った。

「なんでドクターペッパーなんだよ」

という声がした。

かれは昔からドクターペッパーが好きだった。子供にしては珍しい味覚だったのかもしれない。コーラなら何も言われないのに、ドクターペッパーを選べば、必ずいちゃもんがついた。「変なやつ」「まずいじゃん」と非難された。ただ好きなものを買っているだけなのに、そう言われると自分が仲間の中で目立とうとしてわざと変なやつを気取っているような気がしてくるのだった。それで、誰かがいるときにはスプライトを買うようになった。

だが今は一人だ。ドクターペッパーを飲みながらタバコを探したが、なぜかポケットに

入っていなかった。車に戻ろうとしたそのとき、

「早《あ》く行こーぜ！」

という声がした。ロッテオリオンズの帽子をかぶったコーキが、ビニール製のプールバッグを肩にかけ、多段ギアシフトのついた黒い自転車にまたがって待っていた。

「コーキ！」

嬉しくなって叫ぶと甲高い声が出た。豪はすぐ脇にあった自分の自転車のセミドロップハンドルを摑み、けんけんから大きく足を後ろに跳ね上げて乗ると走り出した。

夏休みだ！

夏休みだ！

そう思いながら豪は自転車を漕いだ。

キビタキ峠を越えて窯熊市民プールに行くのだ。

県境のコンクリート橋は戦前に作られたものだと言う。モダンだとかデザインがいいとか言う大人もいたけれど、かれらにとってはボロい橋だ。そしてこのあたりは肝試しの名所でもある。

窯熊市民プールは子供たちのためのひょうたん池やウォータースライダー、そして敷地を一周する全長三百メートルの流水プールを備えた公営のレジャープールだった。霜町の

県営プールと違ってできたばかりで、更衣室も新しい塗料の匂いがした。窯熊市には競馬場と競艇場があってお金持ちなのだということは子供たちも知っていた。

豪はひそかにずっと狙っていた真っ赤なサソリのフロートを借りた。いつもならフロートを借りるお金なんてないはずなのに、なぜか半ズボンのポケットにはビー玉と一緒に小さく畳んだ五百円札が入っていたのである。

「マッカチンにしたか」

サソリとザリガニの見分けがつかないコーキはそう言って、自分はシャチのフロートを借りた。シャチもいいなと見ているとコーキが、あとで交換しようぜと言った。

「カズマとヨシユキもくるかな」

コーキは変な顔をして黙っていた。しまった、今は小学六年の夏だった、あいつらとは中学に上がってから出会うのだ。

「なんでもね。早《あ》く行こうぜ!」

いきなり飛び込まず静かに水にお入りください。大変危険ですのでプールサイドは決して走らないようお願いします。というアナウンスを無視して、二人はフロートを抱えたまま助走をつけてドボンと水に飛び込んだ。監視員の笛の音は水に潜った瞬間、かき消えた。

水がかれの体を包む。ひんやりとした快さが、でっぱったり窪んだりしている人間の体の形に沿って行き渡る。

これは白昼夢だろうか、いや明晰夢というやつか。どこもかしこもつるっつるの小学生の体に戻っているけれど豪は自分が五十歳のおじさんだったこともわかっているのである。

「おーけっこー流れてんなー」

豪は叫んだ。

「流れに逆らって泳ごうぜ」

コーキが言った。

「やっべ、ぜーんぜすすまねえ」

「滝のところで縁につかまってパワーを貯めるのだ！」

フロートに抱きついたまま横向きにぐるんと回る。ゴーグルのおかげで水のなかもくっきりと見える。青いきれいな地下室のようだと豪は思う。

水のなかで、外の世界は遠ざかる。自分の吐き出す息が泡になってぽこぽこいう音だけが近い。自分の体だけが近い。水面に顔を出せば、離れていた世界が近づいてくる。太陽の光と蟬の声が近づいてくる。水面には太陽の光が当たってキラキラしている、水の中から水面を見ればゆらゆら光る。キラキラとゆらゆらだけを感じて、何も考えずに流れていく。なんてきれいなんだろう。楽ちんなんだろう。

コーキはどこに行ったかな。後ろの方で流れているのか、それともどこかでプールの縁に摑まって脅かそうと待っているのか。

強く望んだから、おれはここにいる。

そう思うと、ずっと前から仕組みがわかっていたような気がした。

強く望みさえすれば、このまま子供でいることもできる。帰りに駄菓子屋でうまい棒を買って、夜は寝るまで漫画を読むのだ。

強く望みさえすれば、夏休みは続く。

明日は公園のヒマラヤスギの陰に集まってビー玉をするんだ。とびきり楽しいわけでも盛り上がるわけでもない。葉っぱの裏で暑さが和らぐまで凌いでいる昆虫のように、ひっそりと、しかし熱い勝負を続けるのも悪くないものだ。

もっと突拍子もないことだって、望めば得られるに違いない。

棒アイスの当たりが永久に出続けることだって可能なのだ。

プールの底がファミコンのボーナスステージになっていて、散らばった金貨を総取りして海パンのポケットに隠して帰ることだってできるはずだった。

いつもは厳しくてケチな父親が急におかしくなって、店にあるおもちゃなら何でもお前のものにしていいよと言い出すかもしれなかった。

流れる水がいつの間にか立派な大河となり、どこまでも続く異国の平原を旅することもできると思った。大きなトカゲや鹿に似た珍しい動物が水を飲みに集まってくるのを眺めながら悠然と流れていくのだ。

プールから上がったらそこがリゾートホテルで、優雅な休暇の日々が続くことだって叶うのだった。アルミ製のラダーからプレジャーボートに乗り込んでクルージングの続きを楽しむことだってできるのだった。だけど小学生のままで大人のリゾートを楽しむわけにもいかないし、おっさんになったコーキと二人きりというのもいやだった。

もしも本気で、心の底から呼べば、あの冬瓜みたいな鈴木かね子がこのプールに流れてきて出会い直すことだってできるはずだと思った。もう一度やり直すことができたなら、人生はがらりと変わったはずだ。

そして豪は、コーキの母方の苗字が鈴木であったことを思い出した。鈴木といえばかね子かね子といえば鈴木というイメージで頭のなかがいっぱいで、気が回らなかった。それに棚元県には鈴木姓が多くて、クラスに何人も在籍していた。

いや違う。おれたちはまだ小学生だ。だからコーキの苗字は竹下なのだ。せっかく思い出したのに残念だが、未来のことを話すわけにはいかない。

サソリのフロートに身を任せたまま、雉倉豪はいくつもの可能性を検討した。それらはすべて、今のこの状態がなんらかのアクションの前段階であることを示していた。最高の無気力、最高の無責任、体力に関しても最高の節約である流れるプールが、到達ではなくてまたしても責任を連れてくるアクションの前段階だなんて。

おれはもう、強く望むことを望まないのだ。責任が負える範囲を縮小し続けるしかないのだ。楽しいアクションよりも、このままぶくぶくとプールの底に沈んで静かになってしまうこと。光のなかでどんどん小さくなっていって目に見えない一点となり、オーバーフローに吸い込まれてしまうことの方がまだましかもしれないと思うくらい、非力で無力なのだ。

一体どうしたらいいのだろう。

日が翳《かげ》り、涼しい風が吹き始めた。

プールから上がったら寒いんだろうな。唇が紫色になってタオルにくるまってぶるぶる震えるのかもしれない。

水のなかの方があたたかい。このままずっとぬるま湯のようなプールで流れていたい。この世も、上がりたくないぬるま湯なのかもしれない。おれたちが死ぬことを恐れるのは、そういうことなのかもしれない。それ以前におれはおれというぬるま湯につかっているのだ。ケチだから変わりたくないのだ。

だからつまり、そうだ。

このところおかしいのだ。窯熊に来るたびに変なことが起きる。こないだの親坂さんだってそうだ。キビタキ街道の魔物におれは騙されているのではないだろうか。

「まやかしなんだろ?」

雉倉豪は短く、強く言った。

見失ったコーキと巡り合うことはもうないのだろうと思った。

手すりを摑んで上がるとき、自分の体は五十歳に戻っているのだろう。体にしなやかさはなく、ずっしりと重たいのだろう。その重さによろけ、塩素の匂いがする生ぬるい水を滴《したた》らせて更衣室に向かうのだろう。そして再びキビタキ街道を通って霜町に帰るのだ。これから通るのはレトロモダンなコンクリート橋ではなく、新しい方の、世にも醜い橋になっているはずだ。大人になってから自転車でキビタキ峠を越えたことはないが、果たして停めてあるのは自転車なのかそれとも軽バンなのか。暗くなる前に峠は越えたい。それに今日だって笠地蔵でなにか野菜が届いているかもしれない。おれは誰もいない自分の家に帰らなければならないのだ。

コーキ少年の偽りの肉体から抜け出した神は上空から窯熊市民プールを見守っていた。赤いサソリのフロートにつかまった夏のおじさんがただ一人、日常に戻ることを思いながらどんぶらこ、どんぶらこと流れて行った。日が傾くとツクツクボーシは鳴きやんで、スズムシの声が冴え渡った。

バスケットハンドル型ニールセンローゼ橋 実【土木】橋梁の名称

ピーナッツホームマート 架【店名】黒蟹県窯熊市にあるホームセンター、のんこり市が開催される

小爪菜　絹布菜 架【植物】架空の野菜

冬瓜 実【植物】実在するウリ科の野菜。夏の終わりから秋に収穫されるが、常温で冬まで貯蔵が可能である

早く 架【方言】黒蟹方言「あく」と発音する

マッカチン 実【生物】アメリカザリガニの俗称

赤い髪の男

あれはプロレスラーかなにかに違いない。

秋口に移住してきた男のことをそう評したのはキャッチャーの木村だった。

近隣のグラウンドなら各々自家用車で集合するのだが、この日の草野球大会は湯波町のグラウンドで開催されることになっていた。湯波まで行くのなら試合の後、温泉に一泊して反省会という名目の打ち上げをしようという算段で、薬師ファイターズのメンバーは二台のミニバンに分乗して移動中だった。

「かなにか、って？」

後部座席から別の木村が言った。ショートの木村だった。

「プロだかアマだかわからんが、あんなおっさんで赤い髪なんて、レスラー以外に考えられないじ」

キャッチャー木村が言った。

語尾に共感を促す「じ」という薬師村の方言が出て、車内の空気は和んだ。

その男と言葉を交わしたものはまだ誰もいない。上背があって体格のいい赤い髪の男には歩いてくるだけであたりが日陰になるような威圧感があった。

「バンドマンって可能性もあるわいね。あの格好は」

いま一人の木村が言った。ピッチャー木村だった。

赤い髪の男はつなぎを着てオールレザーの登山靴を履いている。肌寒い日にはライダースのベストを羽織っていた。冬になれば袖がついてジャンパーになるのだろう。

「バンドマンっていうのはもっと不健康じゃないね？　顔色が悪いとか動きがぎこちないとか」

高校の同級生を思い出しながらショート木村が言うとピッチャー木村が、

「それは偏見だじ」

と言った。キャッチャー木村は、

「だとしてもバンドマンはあんな靴履かないわいね」

と言った。負けず嫌いな男だった。

「しかしあれは昔の登山靴かい、ムッカ重たそうだが」

「誘ったら野球するかいね？」

「大男だから当たればでかいじ」

「誰ぞ声かけてみたら？」

慢性的なメンバー不足に悩む薬師ファイターズではあったが、俺が声をかけるという者がいなかったので車内は静かになった。

どのみちカタギのモンじゃなさそうだわい。

車を運転していた監督の大日向はそう思ったが口には出さなかった。

薬師村には木村姓と大日向姓が多い。薬師ファイターズのメンバーもファースト森とセンター高遠《たかとお》以外は木村と大日向ばかりである。

実生活に於いては、たとえば「カズ兄」「カズ先生」「学校裏のカズさん」「神社脇のカズくん」のように呼び名がきちんと決まっているので、同姓同名があったところで村内《むらうち》のものは困らない。混乱するのは常に見知らぬ者、外部の者である。つまりは情報が不足しているのである。ただ単に「木村さんを訪ねてきた」と言われても「誰のことだ」としか答えようがない。「六十代の男性で農業をしている」と補足されてもそんな者は大勢いるので、「あんたこそ一体誰なんだ、なんの用で来た」と訊かれることになる。不躾《ぶしつけ》なわけでも怒っているわけでもない。関係性と訪ねてきた理由を述べよという意味である。事情さえわかれば該当者を導き出すことはたやすい。村人の方でも再会したい相手には「神楽《かぐら》橋《ばし》の和彦と呼ばれています」などとあらかじめ伝えておくので、苗字しか名乗らないというのは、それなりの関係性だという証《あかし》でもあった。道端に印鑑が落ちていたとしてもどこの家の誰のものだかわからない、それと同じことであった。

赤い髪の男、宛川光紀《あてがわこうき》にも同じ経験があった。かれはかつて飛行機の席が隣で意気投合した「大日向氏」との再会を望んでいたが、何年経っても叶わなかった。仕事もフルネームも実家の場所もわからない、薬師村出身で紫苑市在住の中年男性、というだけでは探しようがなかったのである。

赤い髪の男はレスラーでもミュージシャンでもない。ふた昔ほど前、まだ黒い髪をしていたころは世界的な建築家として活躍を嘱望されていた。出身は棚元県で、これまでに二度姓が変わっている。最初は父の姓である竹下だったが、両親が離婚してから母の旧姓である鈴木となり、その後母の再婚により宛川となった。竹下のころはごくふつうの、愉快なことが好きでよく笑う子供だったように思う。鈴木になってからの生活は苦しかった。母は小さな会社の事務の仕事のほかに洋裁の内職をして昼も夜も働いていた。同級生が部活に打ち込んだり塾に通ったり女の子のことばかり考えていた時期、かれは食事の支度を担当し、家の中を整え、幼い妹の世話をしていた。妹は病弱だったが思春期を過ぎてから逞しくなり、性格も強くなった。

かれが十八歳のとき母親は資産家の宛川老人の後妻となった。宛川老人は大学進学を迷っていたかれに家庭教師をつけてみっちり英語を叩き込み、アメリカの大学に留学させてくれた。

大学を出てからはヨーロッパに渡った。ドイツで建築事務所に勤めてから独立し、ミュンヘンとヘルシンキに住んだ。世界的な建築の賞であるポール・ペニンシュラ賞を史上二番目の若さで受賞し、黄金の鷹建築賞の最終候補にもなった。代表作にはマーレル国際センターやオロフブルク中央図書館などがある。しかし三十代後半になると仕事への意欲が失速した。他人の金で他人の土地に他人が利用する建物を造ること、それが仕事というものだとわかっていても、名前や実績と引き換えに評価を受け取ることがいつまでたっても苦手だった。「哲学を共有した」と言われたり、「新奇性や理想ばかりで現実を直視していない」と言われたりするたびに、まずいので有名な銘菓やつまらないので有名な観光地になったような気がした。たしかに、かれには才能があった。しかし才能を生かして働き続けることに向いていなかったのである。

後になって振り返ると、しなければよかったと思うことはごく軽い迷いから始まっている。案外深く迷ったことほど、どちらの選択肢であっても大きく結果は変わらなかったりする。かれが今なお隠し続けている生涯の大失敗は軽い迷いから始まったテレビ出演だった。

四十歳になって、かれは日本に帰ってきた。母親も宛川老人もすでに亡くなっていた。妹の夫とはそりが合わず、疎遠になった。お盆と暮れには墓参りを兼ねて宛川本家に挨拶に行くが長居することはない。

髪を赤く染めたのは帰国してからだった。飲食店、配送業などのアルバイトをし、それからキッチンカーでサンドイッチやカレーの移動販売などを手掛けたがどれも長続きしなかった。

薬師村に移住したのは四十五歳のときである。赤い髪の男は出身校を聞かれたときには

「マサ工です」と答えることにしていた。マサ工といえば棚元県の昌森《まさもり》工業高校のことだと誰もが思う。「マサ工を出て建築の仕事をかじってました」と言えば、なるほど大工の見習いでもしていたのかと納得してくれる。しかし本当の最終学歴はマサチューセッツ工科大学であった。

大日向氏と出会ったのはヘルシンキからの帰国の便だった。隣県の薬師村出身ということがわかると、懐かしさもあって話がはずんだ。大日向氏は休暇をとって北欧三カ国の一人旅を満喫して帰るところだった。

「僕は薬師村にはまだ行ったことがないんですが、いいところなんでしょうね」

そう言うと、

「薬師村は、黒蟹県といってもほかの地域とはちょっと違うんですよ。なんていうかその。もともとが黒蟹藩ではなくて、宝来藩の領地だったので」

大日向氏は嬉しそうに話し始めた。

「まあ田舎ですから、米も野菜も美味いし里山の景色がいいところです。紅葉のきれいな渓谷もある。ただね、なんというかその。やっぱり宝来県と関係が深いってことで、ちょっと洗練された文化もあったりするんですよ。蝸牛《かぎゅう》饅頭っていうのがあってね。あ、ご存知ない？　餡子がこし餡なんです。そこからして黒蟹のほかの自治体とは違う。灯籠寺あたりのきんつば派には許し難いことだろうけどね」

大日向氏は言った。

「きんつば派ってなんですか？」

たしかにきんつばはつぶ餡が主流であるが、派閥まであるとは知らなかった。長く日本を離れていたためかもしれない。

「落雁派ときんつば派のことですよ。落雁は紫苑市、きんつばは灯籠寺市。どちらかの陣営に入って生涯反目しあうのがなんというかその、黒蟹人の宿命なんですが、薬師村は蝸牛饅頭のおかげで不毛な争いとは無縁です」

「なるほど」

黒蟹人の宿命などと当たり前のように言われても、なるほどとしか相槌のうちようがないのである。

「まあくだらないことだよねえ、落雁ときんつばで敵対したり、こし餡とつぶ餡でお互いを否定しあったりする。人間は心が狭いよなあ。車間距離とか動物の飼い方とか、なんだって喧嘩の種になるんだ。生きてるだけで草の種みたいに争いの種がくっついてくる。なんでしたっけあのひっつき虫」

「センダングサ？」

「そうそう、ありゃあタチが悪い」

だんだん言葉遣いもラフになってきた。

「木綿豆腐と絹豆腐なら喧嘩にならないんですけどね」

「ああそうだね。たまごも喧嘩にならないね。俺は裏漉しのたまごサンドが好きなんだけど、それでとやかく言われたことはないね。なんの話でしたっけ」

「薬師村がユニークだっていうお話でした」

「そうでした。たとえば薬師村にパープルっていうスーパーがあるんだけど、オーナーが物好きなのかけっこう珍しいものを売っている。ビサップのジュースだとか、なんとかスーチョンなんていう湿布みたいな匂いのする紅茶だとか」

「スモークトナカイはないですかね」

「さすがにそれはないかもしれない。ただね」

大日向氏は言った。

「都会にはなんでもあるって言う人もいるけど、はっきり言って嘘だね。なんでも揃うわけがない。現に薬師ジンだって地元と松本にしか出していないって話だよ」

「薬師ジン、とは？」

「お酒のジンですよ。縄文人とか弥生人みたいだって少し前にネットで話題になって。ふるさと納税の返礼品になるとかならないとか、今そんな段階だったかな」

「美味しいんですか？　そのジン」

「美味しいとかまずいとかっていうのは俺じゃちょっとわからんわいね。ジンの味がするとは思うけど」

飛行機のなかでの会話を赤い髪の男は今でも頭のなかで再現することができる。センスのいい人だった。見た目でも話のうまさでもない。ただあの人が語るディテールが生き生きしていて、ポケットから見たこともない原色のおもちゃが次々と出てくるみたいだったんだ。

「黒蟹県の県民性っていうのはなんとなく知ってるんですが、薬師村の人はどうなんですか」

と尋ねると大日向氏は顔をくしゃくしゃにして笑いながら言った。

「人なんて変わんないよ。だって人は人だからね」

何がおかしいのかよくわからなかったが、いつの間にか一緒に笑っていた。

薬師村に来ればきっと会えるだろう、噂くらいは聞くだろうと思っていたのに、五年経ってもさっぱりその気配はない。おそらくどこかではすれ違っているのだろうと赤い髪の男は思う。共通の知り合いがいれば「さっきまでここにいた」とか「ちょうど昨日来ていた」などと言われるのかもしれない。会えそうで会えない人というのはそういうものだ。そうかと思えばしょっちゅう会っていた人とまるっきり会わなくなったりすることもある。郵便局でもバスの中でも眼科でも「よく会いますね」「また会いましたね」と挨拶を交わしていたのに、ぱったりと見かけなくなってしまう。生活のリズムが変わったのだろう、踊っている曲が違うものになったのだろうと思う。

赤い髪の男は故郷に帰ることを望んでいた。しかし生まれ育った棚元県では宛川という姓を名乗るだけで、金持ちだ道楽者だと言われる。間違ってはいないが不特定多数の人からそういう目で見られるのは気持ちのいいものではない。

竹下や鈴木だったころ、霜町で一緒に過ごした仲間はみんな立派になったことだろうと思う。子供や孫だっているかもしれない。同窓会なんかもやっているのだろうか。だが、話が合うとは思えなかった。外国帰りだとか、元建築家だとか、今はアルバイトで生計を立てているとか、ひとつひとつに返ってくる幼馴染みの表情を想像しただけで気持ちが萎えてくるのだった。

それだけではない。

あれを見た可能性だってある。

もし一人でもあれを見ていたら、あれのことが話題になったらどんな顔をすればいいのか。どう言い訳すればいいのか。

考えれば考えるほど故郷に帰ることは煩《わずら》わしいのだった。誰でもない、ただの人として暮らせる場所をかれは求めた。

移住を決めるまでには何年もかかったが、薬師村に来たのは間違いなく大日向氏の影響だった。面白そうな場所だと思った。それに隣県であっても霜町からは遠い位置にあり、宝来県の影響が強い。棚元県に対してあまり興味を持っていない。それでいて景色や集落の形には似たところもあって好感が持てた。移住促進の条件がないことも良かった。多くの自治体では年齢や家族構成などの条件があり、もちろんそれ以外の人が移住したっていいのだが、自分はそこに求められていないという気がした。

この村で、赤い髪の男がかつて建築家であったことを知る者は木村不動産サービスの木村芽衣《めい》だけである。物件を借りるにあたって、そこを隠し通すことはできなかった。

木村不動産サービスの脇道の塀には落書きがあった。

「弁ご士、ほうりつ相だん」

「おなやみお困りかいけつ　ＯＫ ＯＫ」

「すごうでの探てい、ごしょうかいします」

大きくて危うい文字である。

初めて見たときは「ウッ」と声が出た。そこに落書きがあるとわかっていても、見るたびにぎょっとする。字の上手下手ではない、勢いというか気合いというか、何度見ようが何年経とうが景色の一部になることを拒んでいる、そういう姿の落書きだった。書かれた内容に反して頭の悪そうなところもショッキングだった。

赤い髪の男はその文字に惹きつけられる。リズムの乱れ、コントロールや統一性の放棄、予測不能な荒々しさの発出に不安を感じながらも、ちょっと嬉しくなってくる。これこそが不連続性だと思うのである。

そういえば人間が、サルをサルとして認識するのはその動きのぎこちなさ故と聞いたことがある。キツネザル、テナガザル、コロブス、マーモセットなど、全く似ていない見た目の生き物をなぜ「サル」と判断できるのか。すばやく力強い動き、ジャンプやブラキエーション、確実にものを摑んで巧みに作業する手を見ているはずなのに、なぜかその間になんらかのあやふやさ、不自然な感じ、戸惑いといったものを読み取ってしまう。これも、不連続に注目せずにはいられない人間の習性なのだろうか。

一般に人間は断絶を恐れる。人の死や事故、突然襲いかかる天災によってそれまでの生活が続かなくなることを恐れる。変化は物資やスキルの蓄えを奪う。知恵が通用しなくなる。権威や正義はこちら側にあると確認するための行事、すなわち弔いや式典、祭事などによって区切りをつけなければ気が済まない。コントロールすることもついていくこともできないスピードの変化は嫌われる。複雑すぎて理解できない変化も嫌われる。人々は不便でも貧しくても変わらない暮らしが継続することを内心望んでいたりする。見た目の対称性や反復するリズムを好む。予測不能な自由より把握できる不自由を選んでしまう。それなのに退屈する。だからこそぎこちなさやためらい、突然現れる小さな反乱、不穏な気配、刺激に惹きつけられるのではないか。

と、そんなことまで思いが巡っていくような危うい文字である。

そして赤い髪の男の人生には多くの不連続があった。

姉と二人で経営しているので通称「イモウト」と呼ばれている木村芽衣の案内で、赤い髪の男は村内の物件を回った。木村芽衣はグレーのバンを運転しながら、

「あそこはバスケ部の先輩の家です。姉の初恋の人でした」

「ここの豆腐は美味しいですよ。息子はやんちゃでしたが」

などと物件とは関係ない情報を紹介するのだった。このひとは本当に守秘義務を守ってくれるのだろうかと赤い髪の男は心配になって話題を変えた。

「移住のコツってありますか？」

「過疎化で祭りも消防団もなくなっちゃったんで、あまり気を遣うことはないかもです。あとはどこでもそうかもしれませんが、最初だけグイグイくる人はそのうちいなくなります。嫌いになったとかではなくて、新しもん好きなだけなんです。だからまた新しい移住者のとこに行きます」

「たしかにどこでもそうだね」

赤い髪の男は言った。好奇心の強い人、慎重に見極めたい人、接点を持たずにただ見ていたい人、タイミングを見計らっている人、どのタイプも、どこにでもいる。

「あとはヤンキーを毛嫌いする人は住みにくいかもですね。元ヤンが多いっていうのもありますけど、そういう括《くく》りで決めつける人は暮らしていてつらいんじゃないですか」

「それは大丈夫。僕もこんなんだし」

と言って頭に手をやると、

「あ、ほんと」

と、木村芽衣は笑った。

壁の落書きについて聞くと、甥っ子が小学校低学年のときに仲間と一緒に描いたものだという。啓発ポスターだとか将来の夢の作文だとか、夏休みの工作だとか、そういった類から得た発想だった。

「あの子は弁護士とか探偵に憧れていて、自分の将来の夢の看板を作ったわけです。まあきれいなものじゃないんですけど、どうしても消せなくてね。子供の夢を大人が消してしまうっていうのが、なんだかいけないことのような気がして。それで残そうってことになりました。今では本人が一番消したがってますけどね」

落書きが現れたときは景観の大変化であり、事件でもあったことだろう。しかし大きな文字が消えてしまうという不連続な未来が、とりあえず、当面は来ないということに赤い髪の男は安堵した。

閉店したガソリンスタンドは「元役場」と呼ばれる地域にあった。薬師村役場は十五年ほど前に元役場から三キロ離れた新庁舎に移転していた。保健所や信用金庫も同じエリアに移った。ほどなくしてガソリンスタンドは雑貨屋や食堂とともに閉店したのだという。

敷地は決して広くないが、白い箱型の事務所が残っていた。二階建ての頑丈な軀体《くたい》だった。赤い髪の男がことのほか気に入ったのは円形キャノピーだった。キャノピーとは庇《ひさし》のことである。多くのスタンドでは四角くて平らな屋根が給油スペースを覆っているが、このキャノピーは中央の柱に支えられた丸天井で、遠くから見れば巨大な白いキノコかパラソルのようだった。

「ここはタンクの撤去も汚染調査も済んでます」

木村芽衣がそう言い終わる前に赤い髪の男は、

「ここがいいです。ここ、借りられますよね」

と言った。

道の向かい側は蝸牛川の緑地帯で、手前には小さな郵便局がある。元食堂はコインランドリーになっていて、その奥が役場の跡地だった。現在は備蓄倉庫が設置され、防災広場という看板が立っている。

赤い髪の男はキッチンカーを運転してスタンド跡地に引っ越してきた。週に三日はアルバイトをして、残りの四日で室内の造作を始めた。寝泊まりは事務所の二階だった。

アルバイトは解体業だった。きつい仕事だったが何も考えずに作業に熱中することができた。埃まみれになっても現場がきれいな更地になるとすっきりした。ますます筋肉が発達し、良い体になった。名前と評価を交換するようなことはなかった。過去を詮索される心配もなかった。ときには廃材や古道具をもらって帰ってくることもあった。

そのうちに好奇心旺盛な父娘がスタンド跡地を覗きにきた。父親が消防団の訓練で防災広場に来たときに見つけたのだという。

「ここは何の店になるんすか？」

「カフェかなあ」

クロスを貼っていた赤い髪の男は脚立の上から答えた。

父親はまだ若い男だったが、首筋から龍のタトゥーが顔を出していた。赤い髪の男の視線に気がつくと、

「ここの裏の温泉はタトゥーOKなんで、外国の人にも人気があるらしいっすよ」

と言った。後に一緒に温泉に行ったとき、二の腕や肩にも絵や文字が入っているのを見たが、それらは未完成だった。赤い髪の男は、学生時代に怪我をした友人のギプスに寄せ

書きをしたことを思い出した。

赤い髪の男はスーパーパープルで買ってきたビサップのジュースを父娘に勧めた。父親は、

「木村弓隆《ゆたか》です。娘は紗綾《さや》です。離婚してシングルファザーなんですが、このへんではシンパパの木村で通ってます」

と少し畏《かしこ》まって挨拶した。

やがて内装工事が落ち着くと、廃校からもらってきた黒板を入り口の脇に出した。赤い髪の男は木村紗綾に看板の代筆を頼んだ。不動産屋ほど不穏ではないがのびのびと乱れた機嫌のいい文字で紗綾は「カフェ　レッドヘア」と書いた。店がオープンすると、日によって黒板に「カレーあります」「みかん、ご自由にお持ちください」といった、赤い髪の男による意気地のない文字が追加された。

そのうちに不動産屋の「イモウト」木村芽衣の紹介で豆腐屋やパン屋、屋台のラーメン屋、包丁研ぎ、古本屋などがやってきて軽バンやテントの露店で商売をするようになった。客が少ない日もあったが、村営住宅に住むエンジニアの梅山《うめやま》やｗｅｂデザイナーの塩宮《しおみや》はコインランドリーのついでに顔を出すようになった。かれらは移住者で、行儀のいい青年たちだった。

赤い髪の男が「失意の女」と心のなかで名付けた大日向沙羅《さら》も常連となった。飛行機で

知り合った大日向氏のことを聞いたが、家族や親戚に思い当たる人物はいないようだった。失意の女は故郷に戻ってくる前はスポーツクラブのインストラクターをしていて、今は郵便局で働いているという。

「生徒さんたちに『どうして?』って、聞きすぎたんです。『どうしてうまくいかないか』を考えてほしくて『どうしてかわかった』という答えが欲しくて、つい先回りしてたんです。でも私の『どうして?』は質問ではなく叱責になってしまった」

指導の厳しさが問題となり、スポーツクラブで働けなくなった失意の女は、

「どこからやり直さなければいけないのかわからなくなってしまった」

と言った。

僕らは大抵、「ひとつ前のふっかつの呪文」を失くしてしまっている、と赤い髪の男は思った。しかし口に出すのは気恥ずかしい気がしたので、

「ラプサンスーチョンはミルクと砂糖を入れてもおいしいんですよ」

と勧めた。

＊＊＊

移住から半年ほど経った春の彼岸のころ、蝸牛饅頭を携えて墓参のついでに宛川本家に顔を出した赤い髪の男は、母の形見の電動ミシンを持って薬師村に帰ってきた。宛川本家

で土蔵の大掃除をしていたときに出てきたのだという。

かれは内職でミシンを踏む母の背中を見るのが好きだった。縫い終わりに糸を長く引き出してぷつんと握り鋏で切る。それから振り向いて何かを言おうとしているときの表情も好きだった。埃を拭いて油を差してやるとミシンは問題なく動いた。赤い髪の男は紫苑市の手芸店に出かけてボビンのセットと数種類のミシン針と糸、そして厚手の生地を買ってきた。最初に縫い始めたのは事務所の窓にかけるカーテンだった。

カーテンが仕上がるとかれはつなぎを作ってみたくなった。仕事着でも普段着でもあり、何枚あってもよかったからだ。もとから器用な男でもあったし、型紙を作ったり補正したりするのは建築模型を作るのにも似ていて好きな作業だった。

表の黒板にかれは「ミシン、アイロンあります」と書き足した。


ある朝、webデザイナーの塩宮が少し慌てた様子でやってきた。友人の結婚式に招かれていて、これから出かけるのだと言う。赤い髪の男は着て行く白いシャツにアイロンをかけてやった。

コインランドリーに来た人、スタンドに出店する露店が目的で来た人たちも、ダウンジャケットの補修やパンツの裾上げ、ボタンがとれたまま放っておいた服などを思い出して再訪するようになった。赤い髪の男が「こんなことで料金はいただけない」と言うと、かれらは庭の果物や畑の野菜、もらいものの菓子などを「こんなものでよかったら」と言って持ってくるようになった。

赤い髪の男は「こんなこと」で喜ばれたり、感謝されるようになるとは思っていなかった。人に教えるほどの技術も経験もない。これまでかれは、圧倒的に優れた作品だけが人を喜ばせるのだと思っていた。そういう仕事をすることに人生の意味があるのだと思っていた。しかしここでの日々は「こんなもの」「こんなこと」のやり取りが関係を作っていくのだった。


シンパパの木村は「娘がママの方にお泊まり」の日の夜、白やピンクの布地を抱えてやってきた。

「娘の学校のやつ、困ってたんすよ。やれ小物袋だ靴入れ袋だ体操服袋だって、やたら袋物作らなきゃなんなくて。あと雑巾。前はばあちゃんに頼んでたけど目が悪くてもう作ってくんないし、手縫いじゃ時間かかるし、娘は百均じゃイヤだとか生意気なこと言うし」

裁断と印つけを手伝い、ミシンの仕組みと糸の掛け方を教えると、シンパパの木村はすぐに上手に扱えるようになった。工場で働いているので機械の操作が得意なのだと言う。

「ただ、こういうのをさ。夜中に一人でやるってのが、なんていうかやるせなくて」

「わかるよ」

赤い髪の男は言った。

「どうして自分に許せる孤独と許せない孤独があるんだろうね」

「そうなのよ！」

巾着袋に紐を通しながらシンパパの木村が言った。

「俺はさ、裁縫なんて女みたいだってずっと思ってて。なんすかねアレ。女の真似したら屈辱だとか、舐められんじゃないかとか、そんなくったらねえことを思ってたんすよ」

「いつから変わった？」

赤い髪の男が聞くとシンパパの木村は、

「そりゃ必要に迫られたからっしょ」

と言いかけて、ふと首を傾げた。

「いや、もうちょっと前だ。娘が生まれてからおふくろが『ばあちゃん』になって。俺はおふくろの息子をそのときやめたのかもしんないな」

赤い髪の男は深く頷いた。

いったいあれはなんだったんだろう。「女みたい」と言われることにどうしてあれほど強く抵抗してきたのだろう。女子と仲良くしたり、持ち物や着る服の色で冷やかされた小学校低学年のときと同じ感性なのだ。女性と交際すること、料理をすること、おしゃれをすること、慈しむこと、優しい言葉を使うこと、感動や悲しみの涙を流すこと。多分まだまだあるだろう。ひとつひとつ解決していっても、野蛮な小学生はまだどこかに隠れていて「女々しいなあ！」と嘲笑するのだ。なぜそれが女々しいのか、なぜそれが可笑《おか》しいのか、誰も説明できないようなことに怯え、振り回され続けてきたのだ。

怖がっていたことを認めない限り、怖さはいくらでも増幅する。怖がりながら生き続けたら、もとのきっかけがなんだったかわからない化け物になってしまう。

僕はもう少しで化け物になるところだった。いや、まだその可能性はある、と赤い髪の男は思った。

＊＊＊

「元役場のスタンド、カフェになったらしいね」

試合前のグラウンドで、プロテクターをつけながらキャッチャー木村が言った。

「薬師にカフェはないから若い人は行くわいね」

ストレッチをしていたピッチャー木村が立ち上がって、ユニフォームの埃をはたきながら言った。

「宛川って名前だそうだよ、あの赤い髪は」

「なんて？」

「宛名の宛に三本川だそうだ。棚元の出身だと」

「そらアテガワハズレタな」

ピッチャー木村は駄洒落に反応しなかった。

「棚元で宛川って言ったら大地主じゃないのかね?」

「そういう苗字ばかりの集落があるんじゃねえか。ここみたいに」

「そうかもな。棚元のことはあんまり、わからんな」

「まあ、遠くの人でもないんだじ」

スコアブックを持ってきたセンター高遠が噂話に加わった。

「だっけどあの人、どこかで見たことがある気がするんだなあ」

「若いころとか?　もしかして野球部か?」

「いやいや。会ったことがあるとかじゃなくて、テレビか何かで見たような」

「テレビくらい誰だって出るだろう」

監督の大日向が言った。

「そりゃあカカシテレビならなあ」

「俺も四回くらい出たよ」

「出たっていうようなもんじゃないだろ、映り込んだくらいだろ」

カカシテレビとは地元のＫＫＣテレビの俗称である。

***

夏の午後、失意の女と「イモウト」の木村芽衣がレモンとトニックウォーターを持ってやってきた。彼女たちの目当ては、赤い髪の男がキープしている薬師ジンだった。赤い髪の男はキャノピーの下にテーブルと椅子を出して、夕涼みに加わった。

「宛川さんはなぜ過去を隠すんですか？」

失意の女が聞いた。

「リアリティショーに出たからですよ」

「なんですかそれ？」

「テレビ番組です。婚活番組っていったらいいのかな」

「結婚したかった？」

「あわよくば」

男女が集まって長い休暇を過ごすなかでパートナーを見つけるというオランダの番組に応募を勧めたのは、渡欧して働き始めたころのルームメイトだった。アジア人の建築家という肩書きがユニークだったのか、出演はすんなりと決まった。しかしモデルや俳優の卵、若くして事業を成功させた実業家、貴族の末裔といった共演者のなかで、かれは悪目立ちした。ぽかんと口を開けていたり、鼻血を出したり、転んだり、そういったシーンばかりが強調された。センスのないプレゼントで相手を呆れさせたり、からかわれたり、ひどい振られ方をするたびに話題になった。番組的にはそういったキャラクターも必要だったかもしれないが本人としては苦しかった。勝ち目のないゲームから勝手に降りることもできなかった。それ以来かれは、人々が陰で自分を笑っているのではないかという疑念を持つようになった。

それが、見た目を変えようとした理由だった。オメガの腕時計もカシミアのコートもイタリア製のバッグも手放してほっとした。体を鍛えたのも、ボルドーがかった赤色に髪を染めたのもそういうわけだった。

「でも随分前のことですよね」

二杯目のジントニックを作りながら木村芽衣が言った。

「十年ちょっとかな」

「リアルタイムで笑った人はもう覚えてないですよ。それに今なら演出や編集が意地悪だなって思うかも。そういう笑いはもう古いんです」

笑った人は笑ったことをすぐに忘れてしまう。だが、笑われた方は置いていかれるのだ。傷ついたり、からかわれて怒ったりすることは大人気ないと気にして、とどまり続ける。笑われることを恐れ、隠しごとの暴露にびくびくしながら過ごす時間はとても長い。

まだ僕は化け物になる可能性がある、と赤い髪の男は思う。

「いくらあなたが屈強だからって、ずっと鎧を着てたら重いし、そのうち体悪くして倒れるよ」

木村芽衣が言った。

「屈強どころか、完全にへし折られました。プライドもなにも」

「あーでも」

失意の女が言った。

「ぽきっと折れたとしても、別の枝が繁るんですよ。きっと」

失意の女と木村芽衣は目を合わせてにっこりした。ここで親しくなった彼女たちはきっと、別の枝、新しい楽しみを共有しているのだろう。

＊＊＊

「宛川さん、うまいこと言ってたよ」

ショートの木村が言った。

「なんて？」

「方言は、地元の人が使う分には出汁とか醬油みたいで毎日使っても気にならないんだけど、よそのものがやたらと使うと、何にでもカレー粉をかけたみたいになるって」

「どういうことだい？」

「まずくはないんだけど不自然なんだろう。それに方言に負けちゃって誰が話してるのかわからなくなる。人間じゃなくて言葉が喋っているみたいになる」

「わかるような、わからんような話だな」

「だけど安心な場所でしか方言は出ないね。誰かが笑うかもしれない、ふざけて真似するやつがいるかもしれないと思ったら出ない」

「そういや『霜町』っておれらのイントネーションも違うみたいね」

「なんて？」

「おれらが言うと『餅つき』とか『戸締り』みたいに〈霜町〉って言うわいね。でも地元じゃ『ご無沙汰』とか『網棚』と同じ〈霜町〉なんだって」

「あさはかと餅つきは一緒かいね」

「ハイドンはどうかね、音楽の」

「ハイドンは全然違うじ」

「だからJRでもNHKでも聞いてて気持ち悪くて仕方ないって宛川さん言ってたよ。案外話しやすい人だったわいね」

「誘ったら野球するかいね？」

ずいぶん前にもそんな会話があったことを思い出して、監督の大日向はにやりとしながら言った。

「当たればでかいじ」

ミシンは自転車やバイクと同じ、人間の友だと赤い髪の男は思う。モーターのあたたかい音と乾いた針の音は控えめかつ賢明に刻まれ、調和する。時計ほど無機質ではなく、エンジンのように情緒的でもない。下糸は上糸にきちんと応え、適正な糸調子、均一な縫い目が保たれる。ゆっくり作業しても確実に進む。

この村に来たときは、世の中から剝がれ落ちかけているような気分だった。けれども今、ミシンを踏んでいると不思議なほど安堵する。そして静かな高揚感がかれに訪れるのだった。

間違えたらほどいてやり直せばいい。面倒くさくても急がなければいい。見えない縫い目が多少曲がっていたって布を返してプレスしてしまえばわからない。課題はいくらでも出てくるけれど仕事ではない。売り物でもない。圧倒的ななにかはいらない。ただ、平面だった生地が自分だけの体にフィットする立体に変わっていくことが面白い。

もう少しやろうかな、明日仕上がるかな、と思って目を上げるといつの間にか日が暮れていた。視線を外してから目の疲れを感じた。縫いかけのシャンブレーの生地を畳んで糸くずを片付けると、赤い髪の男は薬師ジンの瓶を取りにキッチンへ入って行った。

じ、わいね、かいね 架【方言】黒蟹県薬師村の方言
ポール・ペニンシュラ賞、黄金の鷹建築賞 架【表彰】架空の建築の賞
マーレル、オロフブルク 架【地名】ヨーロッパの架空の地名
蝸牛饅頭 架【食品】薬師村の蝸牛本舗で販売されている饅頭。カタツムリの焼印が施されている
センダングサ 実【植物】キク科の雑草。種子にとげがあり、衣服などにつくので「ひっつき虫」とも呼ばれる
ビサップ 実【植物】ローゼル（ハイビスカスの一種）。煮出して砂糖を入れ、飲料として用いる
ラプサンスーチョン 実【食品】茶葉を松の葉で燻製した実在するフレーバーティー。独特の燻香が特徴
キツネザル、コロブス、マーモセット 実【動物】いずれも実在するサルの種類
ブラキエーション 実【行動様式】テナガザルなどの霊長類が両腕で交互に枝を摑んで移動すること。腕渡り
キャノピー 実【建築】庇のこと

神と提灯行列

紫苑駅南口から黒蟹県庁へと向かう大通りの並木は、丸太鼓《まるだいこ》の信号を境にポプラから柳へと変わる。ポプラの植樹をしたのは前知事の餅藤辰吉《もちふじたつきち》で、柳の方は現知事の夢下虎二《ゆめしたとらじ》である。車の多くは丸太鼓の信号から鷹狩町方面やバイパス海岸通りへと向かうため県庁方向への交通量は少ないが、夢下知事は功名心と前知事への対抗心からポプラの木を伐採して道路の拡張工事を行い、枝ぶりも正反対である柳を植えたのだった。

百貨店や飲食店が軒を連ね、ホテルやオフィスビルなどがひしめく北口とは異なり、駅の南側は落ち着いた界隈である。重厚で薄暗い喫茶店や間口の狭い薬局、老舗の和菓子店であるひろおか堂などが並び、丸太鼓の信号を渡ったところにはボウリングやカラオケ、日帰り温泉、バッティングセンターなどを併設した丸太鼓ファミリーランドがある。ここから先はかつての軍用飛行場だったエリアとなる。米軍から返還された後、昭和五十年代になってから県庁をはじめ県警本部や国立病院、市民会館など、駅の北側で老朽化したり手狭になってきた施設が続々と移転してきたのである。

和菓子のひろおか堂の裏手は住宅街だった。そこに五十坪ほどの更地があり、今まさに新たな住宅建設のための地鎮祭が行われていた。注連縄《しめなわ》で囲まれた神域に設けられた祭壇は、高さの異なる三つの「案」と呼ばれる台で構成されている。一番奥の案には神籬《ひもろぎ》が祀られ、真ん中には御神酒《おみき》、水、塩、鏡餅、野菜や乾物、魚などの神饌《しんせん》が捧げられ、一番手前の案は榊の枝に紙垂《しで》をつけた玉串《たまぐし》のためのものであった。

浅葱色《あさぎいろ》の袴に金の織柄の入った紫の格衣《かくえ》を身につけた神職がその場を祓《はら》い清め、土地を守る神々を迎える降神の儀が始まった。

「ぉぉぉぉおおおぉぉぉ」

という神職の発声とともに、祭壇から転がり落ちるようにして神はこの世に現れた。

更地に降り立った神はスーツを着た三十五歳の青年で、ここに建つことになる住宅の施主であった。神は奏上された祝詞《のりと》から自分のこの世での名前が笛島光《ふえしまひかる》であることを知った。後方の、デザイナーズジャケットを羽織った男が設計士で、社名入りのジャンパーを着ている男が工務店の担当者であろう。

傍らには緑色のワンピースを着た女が立っていた。神が小声で、

「あの、もし」

と囁くと、にこりともせずに、

「妻である」

と答えた。それは神が何者かと問われたときに「神である」と答えるのとまったく同じ、自然な口調だった。

やがて地鎮の儀が始まった。初めに設計士が「エイ、エイ、エイ」と声を発しながら鎌で草を刈る所作を行う。次に神が鋤《すき》を手渡されて「エイ、エイ、エイ」と発声しながら盛

砂に軽く当てた。神職が鎮物《しずめもの》の埋納をした後、工務店が「エイ、エイ、エイ」と鍬《くわ》で土をすくう所作を行った。地鎮祭は滞りなくすすみ、玉串奉奠《ほうてん》と供物を取り下げる撤饌《てっせん》の後、神々をお返しする昇神の儀となった。神職が再び、

「ぉぉぉぉおおおぉぉぉ」

と警蹕《けいひつ》を掛けると神は祭壇に吸い込まれそうになったが、妻である者の腕に縋《すが》ってその場にとどまった。

通常、八百万《やおよろず》の神のほとんどはひっそりと存在しているものである。しかしこの神は人間として暮らしてみたい、神のままでは味わえないことを知りたいと思ってこの世に現れたのだった。とはいえよほどの重要性がない限り、今生きている人間に憑依《ひょうい》したり、実在する夫婦から赤子として生まれてくることはできない。数多《あまた》の神が興味本位で勝手なことをしたら、人間も世の中もめちゃくちゃになってしまう。立ち去った後には元通りにすること、後世に影響を与えないということが神々の掟であった。

地上に降りた神が笛島光として暮らし始めると、過去は自ずと整い、神もその内容を知った。笛島という苗字は出身の島に由来するものだった。すぐ隣にある苗島《なえしま》と字面が紛らわしいのだが、穏やかな地形の苗島には現在でも二百人余りの人が住んでいるのに対して、

炭鉱のあった笛島は無人島になっている。笛島光は中学生のときまでは島内で暮らしていたが、家族とともに移住した旧軸先町で高校を卒業した。その後は調理師としてあちこちの旅館で働き、二十八歳で独立してあら汁と魚介の串焼きを出す食堂を開いた。笛島食堂の一号店はバイパス海岸通り沿いの質素な小屋だったが、軸先漁港から仕入れた新鮮なクロサバのあら汁やぷりぷりした食感のモキツ貝などが染みわたるような旨さだと評判になり、県内各所や棚元県霜町、宝来県鏑矢市《かぶらや》などに店舗を展開するローカルチェーンへと成長した。

神にとってまことに都合のいいことに、社長自ら厨房に立って調理を行う時代はすでに過ぎていた。調理は完全にマニュアル化され、新メニューや季節ごとのテーマは副社長の椋井《むくい》敏美《としみ》が率いる開発チームが担当していた。神の仕事は銀行から融資を受け、資金を運用することだった。もちろん神は働いてお金を得たことなどなく、経営の知識もない。そこで神は社員やパート店員、仕入れ先、税理士、商工会議所の職員と会い、かれらの意見に耳を傾けた。聞いているだけでほぼ何もしていないのに社員や関係者のモチベーションは上がり、次々と独創的なアイディアが生まれ、失敗やクレームからは学びを取り入れて反映させるという企業風土が定着した。良き人材が集まるようになり、笛島産業は順調に顧客と売上を増やしていった。

当初は妻である者も笛島食堂の厨房を手伝っていたが、会社が大きくなると直営の保育所で働くようになった。生真面目で口数は少なかったが、小さな子供たちのお世話をするのが楽しいようで熱心に働いていた。

若手経営者である神は、老舗商店の跡取りや自営業者などが集まる黒蟹青年アソシエーションのメンバーとなった。二十代後半から四十代までの仲間たちはまるでギリシャの神々のように陽気で活力に満ちていた。かれらは揃いのパーカーやTシャツを着て地域の子供たちと海岸でゴミ拾いを行ったり、老人会のメンバーとともに花の苗を植えたり、里山博やスポーツ大会などのイベントで「STOP地方差別」のティッシュを配ったりした。そういった活動は深い考えや善意に根差しているというよりもただ集まって愉快に酒を飲んで騒ぐための前段階、口実に近かった。かれらはコンサバティブな考えをもち、異性と権力の話を好んだ。仲間たちと一緒にいるとき神はその場の隅々まで明るく照らされているような気分がした。そして普段なら決して口にしないことも、到底正しいと思えないようなことでも肯定できるのだった。

飲み会はいつも長引いた。存分にご馳走を食べて酒を飲み、それ以上面白い話があると思えなくても、いつまでも仲間とわいわい騒いで笑っていたいのだった。

「明日も朝から仕事だけど、今日はもうどうでもいいや!」

「こんな時間に帰ったら奥さんに叱られるけど、どうでもいいや!」

「終バスの時間だけど、どうでもいいや！」

そう言って散会を引き延ばすときのかれらは子供のようだった。「どうでもいいや」と日常や責任を棚上げする喜びは神にも理解できた。

最後にたどりつくのは決まって丸太鼓ファミリーランドだった。日常に戻っていくために、子供でいることを諦めるために、かれらはボウリングに興じ、カラオケで歌うのだった。

妻である者は青年アソシエーションのメンバーを好まなかった。

「あれはよくない人たちだ」

彼女は言うのだった。

「そうか？　明るくて気持ちのいい奴らだよ」

「あれらは、薄っぺらで考えなしで軽はずみだ」

「そうかな」

「ずるくて無責任で面倒な仕事は人に押し付けてばっかりだ。仲間だけが栄えればいいと思っている」

「だけど、それが人間というものだろう。責任なんて取れるわけがない」

「卑怯で、嘘も平気でつく。上の者にはへつらい、下の者を軽んじる」

「たしかにそういう面はある。でも、ご縁を大事にしているようでもあるよ」

「あれらの言うご縁なんてぜんぶ利権じゃないか」

「そなたに何か不利益があったのかね？」

神は問うた。すると妻である者は、

「まじめに努力している者がばかを見る」

と言った。

ばかを見る、という言葉の意味が神にはわからなかった。

「まじめに努力している者でも他人を見捨てることはある。裏切ることもあるだろう。そうなる未来がわからないなら比べてもしかたないのではないか」

そう言うと妻である者は下を向いて黙り込んでしまった。


この世で人間として過ごして、神は初めて野菜の甘みや蕎麦の香り、フルーツの酸味、コーヒーの苦味などを知った。たとえば豆腐はそのまま嗅いでも匂わないが、口のなかに入れて崩した瞬間に大豆がふんわりと香る。寿司であれば刺身と酢飯、わさびと醤油は足し算ではなく咀嚼によって混じった瞬間に響きあう。揚げ物はさくさくした衣の表面と出汁やソースを含んでしっとりした部分、そして油に触れずに熱せられた素材の味が、それぞれの食感と異なる温度を伴って同時にやってくる。それは神が神として存在していたときには想像も及ばぬ感覚だった。

妻である者は映画が好きだった。とりわけ雨が降るシーンを見ているとなんとも言えない気分になると言う。神は書物を読むようになり、文字で書かれた人間の表情や感情、描かれた空間の明るさや風の吹き方まで読み取れることを知った。神が神として存在していたときには興味すら持っていなかったことだった。

神と妻である者が住まう小さな平屋建ての家は好ましいものだった。玄関を入ってすぐ脇に昔風の応接間があり、東側にはこざっぱりしたダイニングキッチン、北側に浴室とユーティリティがあり、西側は寝室だった。家の中心は薪ストーブとソファのある居間だった。神と妻である者はほとんど物を持たなかったので家のなかはいつも片付いていた。二人で庭の草花の手入れをしたり、木陰にテーブルを出して紅茶とケーキを楽しむこともあった。家で過ごすことに飽きれば連れ立って黒蟹山に登ったり、吟川のほとりを散歩するのだった。

それは老いる心配も死の恐怖も病の苦しみもない、ままごとのような暮らしだった。仕事ですら娯楽だった。

「遊びをせんとや生まれけむ」

どこかで聞いたことをそのまま口にすると、

「わたくしには、遊びがわからぬ」

と、妻である者は言った。どこまでも生真面目なのだった。

＊＊＊

神が笛島光としてこの世にやってきてから四半世紀が過ぎた。

世の中は火星ブームに沸《わ》いていた。

かつては二年とも二百六十日とも言われていた火星までの到達時間が二十五日まで短縮され、人類初の火星着陸が目前に迫っていた。厳しい試験や審査を経て、エレファント4号に乗り組む宇宙飛行士として採用されたのはスウェーデンのオルソン、インドのクマール、アメリカのリッチマン、そして日本の耳田《みみた》の四名だった。

黒蟹県紫苑市は大いに盛り上がった。耳田リカルド富士男《ふじお》は紫苑市出身の小児科医だったからである。駅前広場や県央公園にはパブリックビューイングのためにスーパーラージビジョンが設置され、宇宙開発のドキュメンタリーや特番のほかにエレファント4号からの配信中継も行われた。気さくであたたかい耳田氏の語りと表情は人々の心を摑んだ。

打ち上げから二週間が過ぎた七月初め、エレファント4号から地球への通信が途絶えた。原因も経過も宇宙飛行士たちの安否もわからなかった。

梅雨空の下、紫苑神社の境内は安全を祈願する人で溢れた。交通安全のお札やお守りが飛ぶように売れ、ロケットが描かれた絵馬が多数奉納された。神社だけでなくスーパーラージビジョンにも人々は手を合わせた。雨に濡れながら無事を祈った。

画面に映った人間を人間が拝んでいる様子を見て、神は不満を感じた。その祈りは神に対してのものではない。儀式や行事でもない。無事と成功を願う人々の思いは、戦時や災害時の祈りよりも強かった。神は、自分の存在がどんどん漠然としてくるように感じた。

通信が再開したのは四日後だった。機材を修復してトラブルを克服した宇宙飛行士たちに人々は惜しみない喝采を送った。紫苑神社は今度はお礼参りでごった返した。宇宙曼荼羅の風呂敷と手拭いが売り切れると、宇宙とは関係のない蓑虫《みのむし》の蓑で作られたバッグが飛ぶように売れた。

紫苑神社から始まった宇宙特需に商店街も便乗した。火星饅頭やスペースサブレ、ルリベリーを使った赤いジェラートなどの関連商品が店頭に並び、ロケット巻き寿司やパプリカパウダーおにぎりなどの完成度が高いとは言えない商品まで話題になった。

市長の混田《こんだ》美也子《みやこ》も調子にのった。市営バスにはエレファント4号のラッピングが施され、「宇宙都市紫苑」と染め抜いたフラッグが町中のいたるところにはためいていた。駅構内や商店街では、黒蟹フィルによるG・ホルストの「組曲・惑星」と「わくわく紫苑音頭」が一日中大音響で流れた。隣接する灯籠寺市の人々は「おかしなことをしてくわる」

とわざわざ古い方言を使って嗤《わら》ったが、火星ブームは盛り上がる一方であった。

黒蟹青年アソシエーションは提灯行列を企画した。かつて神とともに遊んだ仲間たちは引退し、活動は次の世代へと引き継がれていた。初めのうちは市内中心部を数十人で練り歩いていた提灯行列だったが、全国ニュースで紹介されるとたちまち県内外から人が集まってきた。学校単位や地域ぐるみでバスを仕立てて参加する団体も増え、その数は紫苑市の人口を超える五十万人規模のものとなった。提灯を持っていない者は懐中電灯や蛍光色のサイリウムライトを持ち、ついには国際宇宙ステーションからもその光が観測されるほどの明るさとなった。

提灯行列の群衆のなかには、狐町の漆萌香《うるしもえか》とその夫や、三歳の孫を肩車した灯籠寺市の蕎麦屋の蓮翔《れんと》の姿もあった。シルトテック黒蟹営業所の責任者となった三ヶ日《みつかび》凡《なみ》はホテルグランド黒蟹で開催されるカウントダウンマーズのチケットを手に入れて小躍りしていたし、霜町の雉倉豪《きじくらごう》も近所の人からもらった火星饅頭を手に配信中継を見ていた。

人々が熱狂すればするほど、祈れば祈るほど、神は元気をなくしていった。提灯行列に参加する人々が表通りからあふれて、神の家のあたりも毎晩騒がしかった。眠れなくなった神がベッドのなかでため息をつくと、妻である者が、

「もしかして、嫉妬では？」

と言った。

「そんなことはない、そんなはずはない」

「耳田先生のように自分も拝まれたいのでは？」

「どうして？」

「だってあなたは神なのだから」

何十年も一緒に暮らしてきて、そんなことを言われたのは初めてだった。神は起き上がって枕元の照明をつけた。

「気がついていたのか」

「むろんのことだ」

隣のベッドで背を向けて横たわっている、妻である者の声は少し笑っていた。

「では、こちらからも改めて聞く。妻である者、そなたはいったい何者なのだ」

神は問うた。どこか人とは違うということは感じていたが、妻の過去や出自を尋ねたことはなかったのだ。

「見ての通りである」

という声とともに夏掛け布団の下からふさふさした立派な尻尾が出てきた。

「狐だったのか！」

神は驚いて声をあげた。

「あなたに付き添ってお守りするために遣わされたのだ。狐でもなければ、あの地鎮祭で吸い込まれそうになるあなたをこの世に留《とど》めることなどできはしない」

「なるほどなあ」

神は感心した。騙されたとは思わなかった。妻である者は自分から正体を明かしはしなかったが、自分を陥れるようなことはしていない。そして神は何よりも信じるということに重きを置いていた。

妻である者は起き上がって尻尾をしまいながら、

「だが、あなたと違って全能の存在ではない。あなたのように何度もこの世にあらわれることはできない。わたくしにとってこれは、たった一度だけの生涯である」

と言った。

「だが、そろそろ潮時なのかもしれない」

神は、最近考えていたことを話した。仲間はみんな歳をとり、仕事を引退した者も病に倒れた者もいる。髪を白くしたり顔に皺を作ったりはしているが、自分たちだけが本当の意味において歳を重ねないのは不自然なことだろう。良き人生であったが所詮本物ではない。どこかで終わらせることも考えるべきではないか。

「わたくしもおおむね賛成であるし、あなたの意思に従いたい。ただ、名残惜しいような気もする」

妻である者は言った。

「それなら、然《しか》るべき時期を待とう」

神は、丸太鼓ファミリーランドのカラオケで歌う気もないのにいつまでも時間を引き延ばしていたことを思い出した。楽しい時間がずっと続いてほしいとか、一緒にいると安心できるとか、そういったものの先に自分にはわかりえない気持ち、情愛のようなものもあるのだろう。本で読んだことならあるが、食べ物のように味わうことはかなわなかった。それが限界なのかもしれない。

＊＊＊

梅雨明け宣言から二日後の七月十五日の晩、人類はついに火星に到達した。

町中に仕掛けられた薬玉《くすだま》が一斉に割れ、クラッカーが鳴り、紙吹雪や紙テープが舞った。紫苑スタジアムや軸先海岸、鷹狩リゾートなどでは花火も上がった。

提灯行列は八十万人に達し、紫苑駅の周辺では身動きもとれないほどの混雑だった。行列が停滞すると人々はその場で上空を見上げて「耳田コール」を始めた。黒蟹一高の応援部がコールに応じて拍子木で七拍子を打つとまたたくまに伝播《でんぱ》して、数十万人がリズムを打つ三三七拍子となった。

七拍子の部分は、「紫苑の誇り」であったり「宇宙の耳田」であったり、それぞれ勝手

なことを叫ぶのでごじゃごじゃしていたが、

「み・み・た！　み・み・た！」

という、三三の方のコールは見事に合っていて、轟くようであった。

中継で繋がったＫＫＣテレビから情報を得た耳田氏本人も「ありがとう三三七拍子！」

というメッセージを送った。スーパーラージビジョンや手元のデバイスでそれを知った群衆の熱狂は頂点に達した。

「み・み・た！　み・み・た！」

「み・み・た！　み・み・た！」

そのなかから自然に体を動かして踊る者が現れ、群衆にうねりが生まれた。

一部で懸念されていた混乱や暴徒化は起きなかった。足を踏まれたとかジェラートを服に付けられたとかでちょっとした小競り合いが始まっても、

「まあまあ、今日はめでたい日なんだから」

と仲裁が入れば諍《いさか》いは収まった。

人間というものは、恐怖や不安が集団を支配しているときは怒りやすく攻撃的になり、平常時では想像できないほど凄惨なことを行ったりもするが、歓喜の渦のなかで殴り合うことは不得手なようだと神は思った。

そしてとうとう理解した。

神が人々の祈りを必要とするように、人間は夢や感動や希望を心の糧《かて》としているのだった。だが心の満腹は長く続かず、それ以外の時間はずっと飢えているのだ。手間のかかった美味なる感動だけでなく、三連プリンのような夢、駄菓子のような希望であっても腹を満たすために必要であった。他者に害を与えるような質の悪い冗談でも、見え透いた嘘であっても、毎日大量に消費し続けないと生きられないのだった。

そしてこの火星ブームは滅多にない、栄養たっぷりのご馳走のような感動なのだった。だが、どんなにおいしいブームでも人々はすぐに消化してしまう。そして次の食事を待ち侘び、粗食に食いつくようになる。

気の毒なことである、と神は思った。

人類初の火星でのミッションは九十時間で、気象や地質などを観測する探査車《ローバー》のメンテナンスが主たる内容だった。肝心のメンテナンス作業の様子は着陸時ほどには注目されなかった。一ヶ月後、耳田氏らが無事に地球に帰還するころには、ブームは落ち着いていることだろう。火星への移住について熱く語っていた者たちは、自分が言ったことすら忘れてしまうだろう。従来から宇宙や科学技術に興味のあった人間だけが、そのご馳走を味わい続けることになるのだろう。

＊＊＊

神は人間を創りはしたが、個々人の幸せを請《う》け負うているわけではない。ましてやペットのように飼育して慈しむわけでもない。もちろん目の前で困っている者を見たり、祈りや自分を呼ぶ声を聞きつけたらつい手を差し伸べてしまう。しかしそれは神の意志というよりも習性のようなものであった。

人々の宇宙への興味が薄れたころ、神は笛島産業の次期社長に副社長の椋井敏美を指名した。開業したころからつきあっていた軸先漁港のモキツ貝の加工場を訪れ、挨拶を終えて外に出たときのことである。

目の前の海を眺めているると風にのって、

「助けてー」

という声が聞こえてきた。子供の声だった。

「すわ一大事」

神はすぐさま服を脱ぎ、海に飛び込んだ。助けを求めていたのは、二キロほど離れた海水浴場から離岸流で沖に流された幼い兄弟だった。

数分後、神は弟をおぶい、兄の手を引いて陸に上がった。そして消耗した兄弟を加工場の事務所に連れて行って体を拭き、毛布にくるんで温めて休ませた。連絡を受けた両親が駆けつける前に神は「次の仕事があるので」と言って姿を消した。

だが、あら汁で有名な笛島食堂の社長が人命救助をしたという話はあっという間に広まった。ＦＭシオンのパーソナリティが番組でこの話を紹介すると、黒蟹山で滑落して助けられた者や溜池で溺れて助けられた者たちが「我も笛島氏に助けられた」「我もそうである」と次々に名乗りをあげた。週刊ソサエティや地方紙の黒蟹新報でも大きくとりあげられた。世の中は火星の話題の次の栄養、次の美談に飢えていたのだった。

救助から三週間ほど経ったある日、警察から連絡が来て神は表彰を受けることになってしまった。華やかな式典ではなく、県警本部の会議室で警察署長から感謝状を手渡されるだけなのだが、神にとってはまったく不本意なことだった。各方面で報道され、人に会うたびにおめでとうと言われるので今更辞退することもできない。自分だとわからないように救助する術《すべ》もあったのではないか。神は後悔した。そして、

「警察なんかに行きたくない」

と、妻である者に打ち明けた。

「しれっと行ってしれっと帰ってくればいいではないか。どうせ紙切れ一枚もらうだけだ」

妻である者は平然としていたが、神は、

「歴史に名を残すなんて神の掟に反することだ。あってはならないことなのだ。ああ厭《いや》だ。

ああ困った。どうしたらいいのだろう」

とぼやいた。

「いっそ世界を滅ぼしてしまおうか」

「物騒なことを言うものではない」

神の思いつきを妻である者は窘《たしな》めたが、神は、

「たとえば警察官を全員眠らせるとか。いや警察だけでなく人類全体をだな」

と語り出した。


神のイメージは次のようなものであった。

全人類が眠ったままの状態で、時間が消滅するのである。そして世界が大きさをもたない特異点へと収束していくのである。

吸い込まれるように眠りに落ちる者もいるだろう。とろけるような心地で眠りにつく者もいるだろう。ふっと体が浮くような感覚とともに意識を失う者もいるだろう。電車やバスの席で揺られながらいつのまにか眠ってしまう者も、眠れないと思いながらいつのまにか夢を見ている者もいるだろう。

そして二度と目覚めない。

待ち合わせに来るはずの人が来なくなり、会社に来るはずの人が来なくなり、電車やバ

スの運行が止まり、学校も病院も役所も新聞社も閉鎖され、眠った家族が起きないと嘆き騒ぐ者もいるかもしれない。数日の間、社会は混乱するだろう。しかし不満を表明した者も不安に駆られた者もやがて眠りに落ち、二度と目覚めることはない。世界が何度目かの夜を迎えるころには、すべての人間が眠っている。

いつか目覚めるのか、あるいは眠ったまま衰弱して死んでしまうのか。目覚めるとしたらそれは全体なのかごく一部なのか。人類が活動していない地球上では、野生動物や野生化した家畜たち、昆虫や魚類が繁栄するのか。都市は廃墟から荒野となり、田園は鬱蒼とした藪から陰樹の森林となりやがて遷移は極相に達するのか。

しかしそれらの仮定は時が流れることを前提としたものである。

時がもはや流れていないとしたら。停止ではなく消滅してしまったとしたら。破綻の段階に於いて、最初に眠り始めたのは人類であったが、ほかのあらゆる生物も時を失った以上存続することはできない。

神はそのすべてを眺めている。

そして最後にこう言って別れを告げるのだ。

「じゃんがじょうに寝てくわる」

いつか黒蟹県の田舎の屋敷で覚えた方言である。

「ろくでもない。ほんとうにろくでもない」

話を聞いて、妻である者が言った。

「誰も苦しまない終わり方なんだが」

神の妄想を聞いた妻である者は目を釣り上げて、

「罰当たりにもほどがある。覚悟を決めて感謝状をもらいに行くがよい」

と言い渡した。

感謝状をもらうことの方が自分にとっては罰のようなものだ、と神は思った。県警本部に行ったら何かが決定的に変わってしまうという気がした。もしかしたら神に戻れなくなるのかもしれない。


表彰の朝、神は白いリネンのスーツを着て、パナマハットを手に持った。

「では出頭してくる」

声をかけると奥から妻である者が出てきた。最初に神と出会ったときと同じ緑色のワンピースを着ていた。

「大丈夫、あなたには狐がついている」

妻である者は言った。

神は小さな家のなかを見回し、妻である者との暮らしを振り返った。自らは無限であり、反復可能であり、時空を超えることもできるが、人間や狐は一度しか生まれない。だからこの生活は妻である者が以前言ったように「ただ一度だけのこと」なのであった。

「なつかしく、かけがえのない日々であった」

神は言った。

妻である者は神をまっすぐに見つめると、

「いとおしき日々だった」

と言って静かに笑った。


二人は和菓子のひろおか堂の角からポプラ並木の県庁通りに出て、県警本部の方へと歩いて行った。丸太鼓ファミリーランドの信号を渡る。しかし、丸太鼓ファミリーランドを通り過ぎても柳並木は現れず、ポプラ並木のままであった。県警本部はこんなに遠かっただろうかと思いながら歩いていると、重厚で薄暗い喫茶店と間口の狭い薬局が並んでいる。やがて和菓子のひろおか堂が見えてきた。

「おかしいぞ」

神は呟いた。狐に摘《つま》まれたような気分だ、という言葉が浮かんだが、失礼な気がしたので黙っていた。そのまま歩いて行けば信号の向こうには丸太鼓ファミリーランドがある。通り過ぎるとまた重厚で薄暗い喫茶店と間口の狭い薬局が現れ、和菓子のひろおか堂に戻ってしまう。

「同じところをぐるぐる回っているようだ」

妻である者が言った。

「いつまでたってもポプラ並木だ。どうしたらいいのだ」

もしかしてこのまま永久に歩き続けるのではないか、これが罰なのではないかという気がしてきて、神は不安に駆られた。

「いっそ出発からやり直してはどうか」

妻である者が言った。

二人は和菓子のひろおか堂の角を曲がった。そこには五十坪ほどの更地があり、今まさに新たな住宅建設のための地鎮祭が行われていた。注連縄で囲まれた神域の一番奥の案には神籬が祀られ、真ん中には御神酒、水、塩、鏡餅、野菜や乾物、魚などの神饌が捧げられ、一番手前の案は榊の枝に紙垂をつけた玉串のためのものであった。

それは、神が住んでいた家とまったく同じ番地だった。そして神が降りてきたときと同じ時間であった。

浅葱色の袴に金の織柄の入った紫の格衣を身につけた神職が、

「これより昇神の儀を行います」

と言うと、妻である者がそっと神の袖に触れた。

「ぉぉぉぉおおおぉぉ」

という警蹕の響きとともに神と狐は虚空の彼方へと吸い込まれていった。

旧軸先町 架【地名】かつて黒蟹県の海沿いにあった自治体。平成の大合併で紫苑市となった

クロサバ 架【生物】架空の魚

スーパーラージビジョン 架【設備】街頭にある大型ビジョン

蓑虫のバッグ 実【工芸品】蓑虫の繭を織物の表面に貼りつけて作った帯や小物などの伝統工芸品は実在のものである

ルリベリー 架【植物】架空の植物。実は赤く酸味と甘みがあるとされる

G・ホルスト作曲「組曲・惑星」 実【音楽】グスターブ・ホルストはイギリスの作曲家。「組曲・惑星」は代表作となる管弦楽曲である

「**わくわく紫苑音頭**」架【音楽】紫苑市の祭などで歌い、踊られる曲。市制百年を記念して平成期に作られた

装幀　関口聖司
イラスト・地図　上楽藍

初出
「文學界」二〇二一年二月号、九月号、二二年一月号、五月号、八月号、十一月号、二三年三月号、七月号

ＤＴＰ制作　ローヤル企画

著者略歴

一九六六年生まれ。早稲田大学政治経済学部卒業。住宅設備機器メーカー勤務を経て、二〇〇三年「イッツ・オンリー・トーク」で文學界新人賞を受賞してデビュー。〇四年「袋小路の男」で川端康成文学賞、〇五年『海の仙人』で芸術選奨文部科学大臣新人賞、「沖で待つ」で芥川賞、一六年『薄情』で谷崎潤一郎賞を受賞。

神《かみ》と黒蟹県《くろかにけん》

二〇二三年十一月十日　第一刷発行

著　者　絲山秋子《いとやまあきこ》
発行者　花田朋子
発行所　株式会社　文藝春秋
〒102―8008　東京都千代田区紀尾井町三ノ二十三
電話　〇三―三二六五―一二一一
印刷所　大日本印刷
製本所　大口製本

ISBN978-4-16-391775-7

Printed in Japan